선생님과 함께 읽는 우상의 눈물

물음표로 찾아가는 한국단편소설 16

선생님과 함께 읽는 우상의 눈물

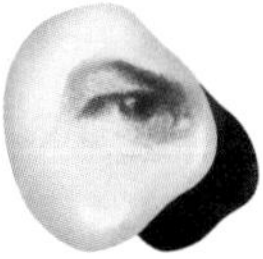

전국국어교사모임 지음 | 허정은 그림

Humanist

'물음표로 찾아가는 한국단편소설' 시리즈를 펴내며

문학 교육은 아이들이 꿈을 꾸게 하기 위해 필요합니다. 그러나 요즘의 문학 교육은 참고서와 문제집을 통해서만 이루어지고 있습니다. 그래서 문학 수업은 엉뚱한 상상도 발랄한 질문도 없는 밍밍하고 지루한 시간이 되어 버렸습니다. 상상의 여지가 사라지고 질문이 없는 수업은 아이들을 질리게 하고 문학을 말라 죽게 합니다. 그렇다면 어떻게 해야 문학 교육을 살릴 수 있을까요?

무엇보다 학생들이 스스로 생각을 열어 질문을 만들 수 있게 해야 합니다. 매우 상식적인 일이지만, 우리 교육 환경에서는 잘 이루어지기가 어렵습니다. 그래서 전국국어교사모임은 학생들이 스스로 생각을 열고 엉뚱한 상상과 발랄한 질문을 할 수 있는 마중물을 붓기로 했습니다. 이는 말라 버린 문학뿐 아니라 아이들의 메마른 마음에도 물을 붓는 일이 될 것입니다.

교과서에 실린 의미 있는 작품을 골랐습니다 중·고등학교 국어 교과서나 문학 교과서에 실린 단편소설 가운데 오랫동안 많은 사람들에게 널리 읽힌 작품을 골랐습니다. 교과서에 실렸다는 것은 중·고등학생들에게 유용한 작품이라는 것이고, 오래 널리 읽혔다는 것은 재미나 감동, 그리고 생각거리 면에서 어느 하나는 사람들의 마음에 들었음을 뜻하기 때문입니다.

전국의 학생들에게 물었습니다 전국에 있는 수많은 학생에게 소설을 읽혀 보고, 그들이 궁금해하는 것을 모았습니다. 그러고 나서 의미 있는 질문거리들을 일정한 방식으로 배열했습니다.

현직 국어 선생님들이 물음에 답했습니다 전국의 국어 선생님 100여 분이 다양한 책과 논문을 살펴본 다음 질문에 대한 답을 했습니다. 이런 과정을 통해 보다 보편적인 작품의 의미에 접근하고자 했습니다.

교육 과정과의 연관성을 고려했습니다 수업 현장에서 또는 학생 스스로 이용할 수 있도록 했습니다. '깊게 읽기'에서는 인물, 사건, 배경, 주제 등 작품과 직접 관련되는 내용을 다루었으며, '넓게 읽기'에서는 작가, 시대상, 독자 이야기 등을 살펴볼 수 있도록 했습니다.

'물음표로 찾아가는 한국단편소설' 시리즈는 다양하고 깊이 있는 생각을 이끌어 낼 수 있는 소설 감상의 안내서 구실을 할 것입니다. 또한 작품에 대한 해석과 이해의 차원을 넘어서 문화적·사회적·역사적 정보를 폭넓고 다양하게 제시함으로써 문학 감상 능력을 향상시켜 줄 뿐만 아니라, 문학과 가까워질 수 있는 기회를 제공해 줄 것입니다.

전국국어교사모임

머리말

우리 주변에서 끔찍한 폭력이 자주 일어나곤 합니다. 학교 으슥한 곳에서 벌어지는 린치(집단 폭행)로 시작하는 소설 〈우상의 눈물〉은 제목부터가 알쏭달쏭한 질문처럼 어려운 소설입니다.

때로는 신이 아닌 신을 말하기도 하고, 때로는 무서운 권력자를 의미하기도 하며, 어떤 때는 아이돌 스타를 뜻하기도 하는 '우상'이라는 말이 이 작품에서는 어떤 뜻을 갖는지, 그리고 그런 우상이 왜 눈물을 흘리는지 궁금합니다.

교실의 절대 폭군으로 군림하는 기표. 그런 기표를 어떻게든 제압하려 하는 담임 선생과 담임의 꼭두각시 노릇을 자처하는 반장 형우. 그 사이에서 기표와 형우의 싸움을 냉정하게 지켜보는 '나', 유대. 교실에서 벌어지는 폭력과 다스림의 방식을 놓고 벌이는 주인공들의 숨 막히는 한판 승부는 학교를 배경으로 한 소설 속 이야기이면서도 어른들의 세계를 떠올리게 함으로써 현실과 권력에 대한 통찰을 드러냅니다.

다른 친구들이 벌벌 떨 정도로 무서운 모습을 보여 주던 기표가 마지막에 무언가를 두려워하며 "무섭다, 무서워서 더 이상 살 수가 없다."라는 편지를 남기고 어디론가 홀연히 사라지는 이야기는 눈에 보이는 힘보다 더 무서운 보이지 않는 힘을 깨닫게 합니다.

그렇습니다. 우리는 눈에 보이는 폭력을 두려워하고 경계하지만 세상에는 눈에 보이지 않으면서 힘이 센 폭력이 우리를 둘러싸고 있는지도 모릅니다.

학교 이야기지만 학교만의 이야기가 아닌 〈우상의 눈물〉. 제목의 의미에서부터 인물들의 행동과 그들이 겪는 사건, 눈에 보이지 않는 인물들 간의 갈등과 대립이 어떤 과정을 통해서 만들어지고 풀리는지 질문을 던지다 보면, 어느새 우리가 몰랐던 섬뜩한 진실에 한 걸음 다가서도록 해 주는 소설이 바로 〈우상의 눈물〉입니다.

자, 그럼 기표와 형우, 담임 선생이 벌이는 한판 승부의 마당인 〈우상의 눈물〉 속으로 함께 여행을 떠나 볼까요?

2016년 3월

권채영, 손미숙, 유동걸, 정영현, 정학재, 허윤희

차례

넓게 읽기 작품 밖 세상 들여다보기

작품 읽기

우상의 눈물

전상국

학교 강당 뒤편 으슥한 곳에 끌려가 머리에 털 나고 처음인 그런 무서운 린치를 당했다. 끽소리 한번 못한 채 고스란히 당해야만 했다. 설사 소리를 내질렀다고 하더라도 누구 한 사람 쫓아와 그 공포로부터 나를 건져 올리지 못했을 것이다. 토요일 늦은 오후였고 도서실에서 강당까지 끌려가는 동안 나는 교정에 단 한 사람도 얼씬거리는 걸 보지 못했다. 더욱이 강당은 본관에서 운동장을 가로질러 아주 까마아득 멀리 떨어져 있었다.

재수파(再修派)들은 모두 일곱 명이었다. 그들은 무언극을 하듯 말을 아꼈다. 그러나 민첩하고 분명하게 움직였다. 기표가 웃옷을 벗어 던진 다음 바른손에 거머쥐고 있던 사이다 병을 담벽에 부딪쳐 깼다. 깨어져 나간 사이다 병의 날카로운 유리 조각이 그의 걷어 올린 팔뚝에 사악사악 금을 그어 갔다. 금 간 살갗에서 검붉은 피가 꽃망울처럼 터져 올랐다. 기표가 그 팔뚝을 내 눈앞에 들이댔다.

"핥아!" 기표 아닌 다른 애가 말했다. 내가 고개를 옆으로 비키자

곁에 둘러선 서너 명의 구두 끝이 정강이에 쪼인트를 먹였다. 찐득한 액체가 혀끝에 닿자 구역질이 났다. 오장이 뒤집히듯 역한 것이 치밀었다. 나는 비로소 온몸을 와들와들 떨기 시작했다. 나 자신도 헤아릴 길 없는 거센 공포로 해서 나는 그 자리에 무릎을 꿇고 앉아 두 손을 비벼 댔다. 그들이 나를 일으켜 세웠다. 내 바지에서 혁대가 풀려 나간 다음 벗겨져 맨살이 드러난 허벅지에 칼끝이 박히는 것 같은 아픔이 왔다. 나는 그들에게 양쪽 겨드랑이를 잡힌 채 몸부림쳤다. 도저히 견딜 수 없는 고통이었다. 칼끝은 상당히 오랜 시간 허벅지에 박혀 있는 것 같았다. 나는 내 살 타는 냄새를 맡았다. 칼침이 아니라 그들은 담뱃불로 내 허벅지 다섯 군데나 지짐질을 했던 것이다. "소리 질러 봐, 죽여 버릴 거니." 한 놈이 귓가에 속삭였다. 나는 드디어 허물어져 내리듯 의식을 잃어 갔다. 그런 몽롱한 의식 속에서 기표가 씨부려 댄 한마디 말소릴 놓치지 않았다.

"…… 메시껍게 놀지 마!"

어처구니없게도 그들이 내게 린치를 가한 이유란 단지 그것이었다. 2학년 재수파들이 나를 첫 표적으로 삼은 것은 내가 그들 눈에 메스껍게 보였기 때문이다.

"유대야, 너 그대로 참을 거냐?"

분식집에서 만난 형우가 슬쩍 내 심중을 떠보고 있었다. 내가 입 한번 벙긋하지 않았는데도 그 소문은 파다했다. 소문이 쉬쉬 떠도는 며칠 동안 나는 심한 공포에 휩싸였다. 그 소문이 학교 선생들에게 알려져 문제가 생길 경우 십중팔구 나는 결딴이 나고 말 것이다. 기표는 그런 일을 충분히 해낼 수 있는 아이였다.

"그 새낀 악마다."

형우가 동정 어린 눈으로 나를 충동질했다. 그러나 나는 대답 없이 빙그레 웃어 보였을 뿐이다. 누구에게나 그렇게 해 보였다. 그것은 이미 겪은 자의 우월감 같은 오만이었다. 나는 나를 충동질하는 형우의 눈에서 자기도 미지에 당해야 하는 두려움과 아울러 내게 대한 선망이 깔려 있음을 놓치지 않았다. 형우가 기표에게 당할 것은 너무나 당연했다. 그것은 기표와 같은 배에 오른 우리들의 공동 운명이었던 것이다.

그날 편반이 끝나고 키 크기에 따른 각자의 번호와 교실 좌석까지 다 정해졌을 때 새 담임이 된 김 선생이 입을 열었다.

"이제부터 66명이 운명을 함께하는 역사적 출항을 선언한다. 목적지에 이를 때까지 단 한 사람의 낙오자나 이탈자가 없기를 진심으로 기원한다. 아울러 이 시간 분명히 밝혀 둘 것은 우리들의 항해를 방해하는 자, 배의 순탄한 진로를 헛갈리게 하는 놈은 용서하지 않을 것이다. 우리가 나무를 전정할 때 역행 가지를 잘라 버려야 하듯 여러분의 항해에 역행하는 놈은 여러분 스스로가 엄단할 수 있어야 한다. 더 중요한 것은 1년간의 일사불란한 항해를 위해서는 서로 사랑과 신뢰로써 반을 하나로 결속하는 슬기를 보이는 일이다."

새 담임 선생은 과학 교사답지 않게 적절한 비유로써 자기가 맡은 반 아이들에게 뭔가 불어넣으려 애쓰고 있는 것 같았다. 그에게 중요한 것은 무사안일 속의 1년이었던 것이다.

"고삐는 여러분 손에 쥐어져 있다. 필요하다고 생각할 때 그 고삐

를 당겨 여러분 스스로를 제어해 주기 바란다. 내가 가장 우려하는 바는 여러분 스스로가 내 손에 그 고삐를 쥐어 주는 일이다. 나는 자율이라는 낱말을 좋아한다."

담임 선생은 자율이라는 낱말로 요술을 부려 우리들을 묶고 있었다. 어느 연극 잡지에서 완숙한 연출가는 배우 스스로가 연출하도록 유도하는 비결을 가지고 있다는 것을 읽은 것이 생각났다. 대단한 담임을 만났다는 기대로 아이들은 가슴을 부풀이며 앉아 있었다. 14개 반에서 사오 명씩 떨어져 나와 새로이 편성된 새 반의 분위기는 사뭇 숙연했다. 나는 문득 이런 숙연한 분위기가 우습게 생각되었다. 단 며칠 못 가 형편없이 허물어질 아이들이 목에 잔뜩 힘을 주고 앉아 담임 선생의 말을 경청하고 있는 게 우습게 보였던 것이다. 이들의 긴장을 풀어 주고 싶은 충동을 받았다.

"선생님, 우리가 탄 이 배의 선장은 누굽니까?"

내가 불쑥 일어나서 말했다. 선장은 도대체 누구란 말인가. 자율이라는 낱말로 우리를 묶으면서도 실상 우리들 머리 위에 군왕처럼 군림하고 싶은 그의 저의를 찔러 주고 싶었던 것이다. 아이들이 내 느닷없는 질문에 부스럭부스럭 굳은 몸을 풀고 있었다.

"이 배의 선장이 누구냐, 그렇게 묻고 있는 사람의 번호와 이름은?"

담임이 얼굴 가득 미소를 잡으며 여유 있게 나를 훑었다. 반격을 당한 나는 얼굴을 붉히며 엉거주춤 다시 일어나야 했다.

"35번 이유댑니다."

"예수를 판 유다인가, 이스라엘 유대인가?"

아이들이 와하하 웃음을 터뜨렸다.

"오얏 리, 옥 유, 큰 대 자, 이유대입니다."

"좋았어. 이유대 군이 오늘 이 시간부터 일주일간 2학년 13반의 임시 선장이다. 물론 일주일 뒤에는 새 선장을 뽑겠다. 다시 한번 강조해 두겠다. 이 배의 주인은 여러분 자신이다. 이유대 선장, 내 말의 뜻을 알겠나?"

아이들이 와하하 웃으며 박수를 쳤다. "걔, 반장하고 싶어 몸살 난 애라구요." 그렇게 소리 지르는 놈도 있었다. 실로 난처한 입장이 돼 버렸다. 한낱 농으로 시작한 일이 담임의 임기응변에 의해 꼼짝없이 임시 반장 감투를 쓰게 되었다. 꽁무닐 빼고 어쩌고 할 기회를 주지 않은 채 담임은 첫 만남을 끝냈다. 이렇게 해서 된 임시 반장이 기표의 비위를 사납게 하는 결정적인 이유가 됐을 것이다.

"어떤가, 약 일주일간 반장을 하면서 느낀 우리 반에 대한 소감은?"

담임 선생이 가정 방문을 나왔다. 학교에서 만나는 선생과 집에서 만나는 선생의 이미지는 전연 다르게 마련이다. 학교에서보다 훨씬 부드럽게 대해 주는데도 공연히 거북스럽고 몸이 짜부러든다. 그래서 우리들이 경험한 바에 의하면 담임 선생에게 가정 방문을 당한 뒤로는 독 빠진 뱀처럼 맥을 쓸 수 없게 된다. 가정 방문을 나온 담임 선생은 대개 여러 가지 정보를 얻어 내려 부심하게 된다.

"얘네 반 아이들이 좋은 담임 선생님을 만났다고 좋아들 한답니다."

곁에서 엄마가 의례적인 아부의 말을 했고 담임은 내 얼굴에서 눈을 떼지 않은 채 못 들은 척했다. 사실 아이들은 좋은 선생이 어떤 사람인가를 알았다. 좋은 선생이란 조건 없이 아이들의 입장을 이해한 다음 그것을 가볍게 입 밖으로 내지 않는 사람이었던 것이다.

"어때, 유대가 그대로 반장을 맡는 게?"

이번에는 담임이 엄마의 귀를 겨냥한 말을 했다.

"아닙니다. 전 그런 일이 적성에 맞지 않습니다."

내가 단호한 어조로 말했고 엄마가 거들었다.

"그래요 선생님, 얜 반장 하는 게 죽어두 싫다는군요."

뭔가 아쉬워하면서도 엄마는 내 뜻을 따라 주었다. 반장을 하면 성적이 떨어지게 마련이란 내 생각을 잊지 않고 있었던 것이다. 남 앞에 나서는 일, 남들보다 한 발짝 높은 데 선다는 일이 얼마나 외롭고 번거로운 일인가를 나는 엄마의 극성에 의해 중학교 3년간 반장을 하면서 절실히 체득했던 것이다. 그것은 내게 무서운 구속이었다. 남을 다스리는 자리의 그런 자유보다 남에게 다스림 받는 데서 얻는 마음의 안일이 내게는 더 좋았다. 나는 고독하기를 바라지 않는다. 기표 같은 애들이 누리는 지배욕 그 안쪽에 몸을 뒤틀고 있는 고독의 그림자를 나는 어렴풋하게나마 본 것 같았다.

"맞습니다. 사실 유대는 반장을 하는 것보다 공부에 달라붙는 게 더 좋을 겝니다. 아깝지만 유대를 위해서 제가 양보할 수밖에요."

우리의 담임 선생은 일을 요령 있게 풀어 나가 재치 있게 마무리하는 명수였다. 아무튼 나는 굴레에서 벗어났고 담임 선생의 논리대로라면 누군가 내 대신 희생이 되어야 한다.

"임형우, 걔가 반장으론 괜찮지?"

일주일 동안 그는 우리들을 상당히 깊이 파악한 것처럼 보였다. 그의 안목은 대단했다. 반장이 되고 싶어 하는 아이를 알고 있는 담임이었다.

"형우라면 틀림없습니다."

내 말의 꼬리를 잡아 엄마가 껴들었다.

"형우라니? 오매, 형우하고 또 한 반이 됐냐? 선생님, 얘하고 형우는 중학교 때부터 친구랍니다. 걔하고 늘 전교에서 일이등을 다퉜는걸요. 그룹 과외도 같은 데서 죽 함께 해 왔고…… 우리 유대가 늘 앞선 편이긴 했지만…… 그래요, 걘 반장 같은 건 잘할 거예요. 애가 통솔력이 보통이 아녜요."

중학교 3년 동안 아들에게서 위대한 통솔력이 나타나 주기를 고대했던 엄마의 푸념이 깃든 말대로 형우는 반장이 될 만한 여건을 많이 갖추고 있었다. 무게가 있고 때로는 교만하고 생각한 것을 무슨 일이 있어도 해내는 결단력도 대단했다. 학교 당국의 지시에는 일단 긍정적인 생각을 가지고 임하다가도 어떤 결점이 보일 때는 무섭게 반격을 가하는 용기도 갖추고 있었다. 한마디로 그는 아이들에게 인기가 있었다.

"어떤가, 우리 반에 크게 문제가 될 만한 애는 없겠지?"

첫 만남에서 담임이 말한 우리들의 항해에 방해가 될 만한 그런 역행 가지를 귀띔해 달라는 것일 게다. 나는 불현듯 담뱃불에 지짐질당해 아직도 진물이 줄줄 흐르는 내 허벅지를 내보이고 싶은 충동을 받았다. 어쩌면 담임도 내 입에서 기표에 대한 얘기가 나오길 기대하고 있을는지 모른다. 1학년 때의 기표 담임이 기표가 1학년 때 한 번 유급한 경력을 가지고 있다는 얘길 전하지 않았을 리가 없기 때문이다. 그러나 나는 입을 열 수가 없었다. 엄마 앞에서 반우를 매도하는 일 같은 건 할 수 없다고 생각한 것이다.

"최기표, 그놈 괜찮을까?"

담임 선생이 조심스럽게 내 반응을 살폈다. 나는 내 허벅지의 상처를 내보인 것처럼 불유쾌한 기분이 되어 얼굴을 돌렸다.

"최기표라면 그 1학년 때 낙제해서 한 해 묵었다는 애 말이구나?"

엄마는 교육에 관심이 많았다. 학교에서 일어나는 모든 걸 알고 싶어 안달했다. 일주일에 두 번씩 담임 선생한테 전화를 걸곤 했다. 그러나 엄마는 가장 가까운 데 있는 내 허벅지의 담뱃불 자국을 알지 못하고 있다. 최기표의 이름을 알고 있으면서도 최기표가 어떤 아이인지를 진정 모르는 어른들에 대해서 내 상처를 내보이는 것은 무의미한 일이었다.

"맞습니다. 갠 유급한 것도 문제지만 보통 말썽꾸러기가 아니지요. 왜, 한눈에 이건 범죄형이다, 그렇게 보여지는 얼굴이 있지 않습니까. 걔가 바로 그런 전형적인 범죄형이지요. 음침하고 포악스럽고…… 1학년 때 걔 담임을 한 선생이 그러더군요. 십년감수를 했다구요. 그러면서 나를 동정한다는 얘기였어요. 그 정도면 알조가 아닙니까."

"그런 애가 어떻게 여태 퇴학을 안 당했나요. 교칙이 엄하기로 이름난 학교인데……."

엄마가 의아하다는 듯 얼굴에 그늘을 깔았다.

"바로 그겁니다. 이놈이 원래 교활하고 지능적이어서 도대체 제적을 당할 만한 큰일에는 직접 앞에 나타나지 않고 뒤로 쑥 빠진다 그겁니다. 엉뚱한 놈이 당하곤 하지요. 정학을 몇 번 당하긴 했지만 어떤 결정적 꼬투릴 잡을 수 없으니까 제적을 못 시키는 거지요."

기표가 무서워서, 그의 안하무인한 앙갚음이 두려워서 제적을 못 시켰다는 그런 얘기는 할 수 없을 것이다. 어떻든 나는 놀라지 않을 수 없었다. 며칠 사이에 기표에 대해서 이처럼 깊이 파악하고 있다니……. 과연 기표는 이름난 애라는 생각이 들었다. 더구나 기표 얘기를 입에 올리는 담임은 얼굴까지 벌겋게 상기돼 있었다.

나는 문득 이제부터 1년간 담임 선생과 최기표 사이에 치열하게 벌어질 싸움을 상상해 보았다. 이제까지의 결과로 미루어 보아 최기표에게 승산이 크다는 생각이 들면서도 우리의 담임 선생 또한 그렇게 만만치 않으리란 예감이 들었다. 어쩌면 그 싸움에 임형우도 한몫 끼어들는지도 모른다. 그가 어떤 편에 서느냐 하는 문제도 퍽 흥미 있는 문제일 것이다. 아무튼 이처럼 멀찍이 떨어져서 그네들 싸움을 구경한다는 것은 진정 즐거운 일임에 틀림이 없다.

"이놈들이 옛날과 달라서 선생을 우습게 알기 때문에……."

담임 선생은 엄마와 함께 교육론을 펴고 있었다.

그랬다. 슬픈 일이지만 우리들은 언제부터인가 교사들을 한낱 껄끄러운 존재로 여길 뿐 오히려 그룹 과외 선생의 완벽함에 더 매료되곤 했다. 그것은 상대적이었다. 우리들이 교사들을 존경하지 않는 것처럼 교사들도 우리를 사랑으로 가르치지 않았다. 그렇다고 그룹 과외 선생처럼 철저하게 얼굴에 철판도 깔지 못하고 어정쩡한 태도를 취했다. 문제는 지배(支配)에 대한 견해의 다름이었다. 그네들은 옛날 훈장이 누렸던 권위가 고스란히 쥐어지길 바랐고 실상 그러한 권위만이 변화된 사회 가치 속에서 그들이 누릴 수 있는 유일한 보상이었다. 그러나 우리들은 그러한 인습적 권위에 대해서 콧방귀를 날릴 수 있을 만큼 그보다 더 완벽하고 조직적인 분명한 권위의 다스림 속에 몸을 맡기길 좋아하고 있었다. 그 한 가지 예로 우리 엄마는 촌지 봉투로 담임 선생을 움직일 수 있다는 확신을 가지고 있었던 것이다.

"선생님, 그 기표라는 애네 집에 가 보셨어요?"

무슨 얘기 끝인가 엄마가 물었다.

"아직 못 갔습니다. 1학년 때 담임도 걔 부모를 못 만났다더군요. 놈이 중간에서 훼방을 놓은 거지요. 한양천 뚝방 동네에 살고 있는 건 틀림이 없는데 번지를 제대로 알아도 집 찾아내기가 어렵다더군요. 어떤 애 얘기론 기표 아버지가 중풍으로 드러누운 폐인이래요."

담임 선생은 우리 집 방문을 끝내고 다른 집으로 가는 도중에 내게 말했다.

"유대, 네 도움이 필요하다."

"뭘 말입니까?"

"우리 반을 위해서 네 협조를 받고 싶다는 얘기다. 물론 나는 네가 반에서 일어나는 일들을 일일이 고자질하는 그런 사람이라곤 생각하지 않는다. 다만 내가 원하는 것은 반 전체를 위한 너의 조언이다. 어때, 협조해 줄 수 있겠지?"

나는 얼굴에 확 열기가 끼쳤다. 이것은 치욕이었다. 담임은 나를 자신의 첩자로 삼으려는 것이다. 1학년 때도 그랬다. 나는 담임 선생이 원하는 대로 반에서 일어나는 일들을 하나도 빼놓지 않고 담임에게 알렸다. 그것은 즐거운 일이었다. 역사를 만든다고 생각하는 사람들이 바로 그런 즐거움을 느낄 것이다. 내 입에서 전해진 말이 요술을 부려 아이들이 일사불란하게 움직이고 있는 것을 시치미 떼고 바라볼 수 있다는 것은 통쾌한 일이었다. 아이들 자신을 위해서 내가 이바지했다고 하는 자부였다. '우리'를 위해서 내 힘이 쓰이고 있다는 기꺼움 때문에 나는 그러한 고자질을 해낼 수 있었던 것이다. 그러나 나는 내가 어수룩하다고 생각했던 많은 아이들에게 따돌림 받았다. 나는 한낱 '우리'의 힘을 해치는 담임의 첩자였을 뿐이다. 나를 이용해 먹은 담임이 그 사실을 새 담임에게 인계하는 배신을 했다는 것을 안다는 것은 울화통이 터질 일이었다.

"불쾌하게 생각하지 않기를 바란다. 다만 나는……."

내 표정이 꽤 굳어 보였던 모양이다. 담임 선생은 내 눈치를 살피며 말했다.

"다만 나는 인간적인 면에서 네 도움이 받고 싶었을 뿐이다."

"선생님, 그런 일이라면 임형우가 잘해 줄 겁니다. 선생님이 염려하는 최기표도 형우가 잘 다스려 나갈 겁니다. 내일 당장 형우를 반장에 임명하세요."

"그럴까? 네 말대로 임형우가 최기표를 잘 다스려 준다면 고맙겠지만…… 내 생각엔 최기표를 부반장에 임명하면……."

"선생님, 기표 한 개인을 위해서입니까, 아니면 기표의 힘을 빼어

반 아이들을 보호하기 위해서입니까?"

담임은 무슨 소리냐는 듯 내 얼굴을 뻔히 치어다보다가 음모의 한 귀퉁이를 드러내 보인 무안감을 감추기라도 하듯,

"여러 사람에게 해가 되는 그런 힘은 아예 빼어 버리는 게 좋은 거다."

'기표가 이 세상을 살아갈 수 있는 힘은 바로 그런 것에 있는지도 모르는데요.' 이렇게 말하려다 나는 그만두었다. 그 대신,

"선생님, 기표는 유급생인 데다 여러 번 정학을 당했잖아요. 그런 아이를 간부로 임명하면 아이들이 좋지 않게 생각할 겁니다."

기표가 학교의 지시 사항을 전달하기 위해 교단 위에 서서 아이들한테 애원하는 광경은 생각만 해도 불쾌했다. 누가 사자를 울 속에 넣어 길들이는 발상을 처음 했는가. 나는 내 허벅지의 상처를 결코 격하시키고 싶지 않았다.

춘계 교내 체육대회를 위해서 우리는 정해진 체육복 외에도 매스게임용 추리닝 한 벌을 사야 했다. 협동심과 조화 속의 미를 창조하는 데 그것은 없어서는 안 되는 일이었다. 툴툴거리는 아이도 몇 없지는 않았지만 결국 그들도 그것을 모두 준비했다. 그러나 우리 반에 단 둘뿐인 재수파들은 끝내 그것을 사 입지 않았다. 담임이 말했다.

"두 사람 때문에 반의 일사불란한 결속이 깨질 수 없다. 두 사람 모두 집이 어려운 걸로 알고 있다. 그래서 담임이 두 사람 것을 준비했다. 받아 주면 고맙겠다."

한 아이가 기표의 눈치를 살피며 머뭇거렸다. 그러나 기표는 무표

정한 얼굴로 창 쪽을 바라보고 있었다. 담임 선생이 그 추리닝을 기표와 또 한 아이의 책상 위에 놓은 다음 교실을 나갔다.

담임 선생이 교실을 나가기가 무섭게 기표가 주머니에서 칼을 꺼내 그 추리닝을 찢기 시작했다. 너덜너덜 조각난 추리닝을 쓰레기통 쪽으로 던졌다. 다른 한 아이가 기표처럼 그렇게 추리닝을 찢었다. 기표가 반의 총무를 맡고 있는 정수라는 애한테 다가갔다.

"야, 네 추리닝 나 줄 수 없냐?"

정수가 고개를 끄덕거렸다. 정수 뒤의 애한테도 같은 말을 했다.

"쟤도 나처럼 돈이 없어 못 사 입었다. 네 거 좀 얻자. 줄래?"

정수 뒤에 앉은 애도 고개를 끄덕거렸다. 이렇게 해서 우리 반 66명은 매스게임용 추리닝을 다 사 입었다.

우리가 볼 때 기표는 구제 불능이었다. 그의 환경이 그를 그렇게 만들었다고 보기보다 선천적인 어떤 포악성을 가지고 있는 것처럼 보였다. 냉혈동물처럼 피가 찬지도 모르는 일이었다. 그는 뱀처럼 작고 징그러운 눈을 가지고 있었다. 그는 교활한 자들이 가끔 보이는 그런 거짓 착함마저도 나타내 보일 줄 몰랐다. 철저하게 악할 뿐이었다. 평생을 두고 사랑이라는 낱말로 미화될 수 있는 행동거지를 해 보일 인간과는 거리가 멀어 보였다. 물론 그는 자신의 그런 포악성 때문에 누구에게도 사랑받지 못할 것이다. 그의 표정은 항상 독기를 음울하게 깔고 있어 맞서는 사람으로 하여금 섬뜩함을 느끼게 했다.

그런데 이해하기 어려운 것은 중학교 때부터 기표를 알고 지내 온 아이들(대부분 3학년이거나 졸업했다.)은 기표가 그처럼 철저하게 나쁜 애임에도 불구하고 그에 대해서 좋지 않게 말하는 것을 들어 본 적이 없다는 것이다. 물론 좋은 애라고 말하는 일도 없었지만 아무도 기표를 욕하지 않았다. 피해를 직접 받은 애들마저도 기표에 대해 나쁘게 말하지 않았다.

'말하길 꺼려 하는 거야. 악에 대한 공포 때문이지.'

나는 이렇게 생각해 보았다. 그러나 나는 내 생각이 옳지 않음을 내 자신의 경험 속에서 너무나 잘 알고 있었다. 기표에 대한 공포는 그에게 린치를 당할 때뿐이었다. 내가 린치를 당한 사실을 아무에게도 털어놓지 않은 것은 앙갚음에 대한 두려움 때문이 아니었다. 나는 또한 그처럼 무자비한 린치를 당했으면서도 그를 미워할 수가 없었다. 무언가 헤아릴 수 없는 힘이 그에게 있는 것 같았다.

"형!"

동급생이면서도 우리들은 2학년에 재학하는 유급생 20여 명을 꼭 공대했다. 재수파들이 그렇게 대해 주길 바랐기 때문이기도 했지만 그렇게 공대하면서도 입이 껄끄럽지 않은 것은 재수파를 이끌고 있는 기표의 위력 때문인지도 모른다.

"야, 체육복 좀 빌려줘라."

재수 없는 아이가 유급생인지 모르고 말을 함부로 놓을 때가 더러 있었다. 그럴 때 그 아이는 영락없이 얻어터졌다. 일의 경위를 따지지 않는 게 기표가 행하는 악의 특징이었다.

"명칭, 조직의 목적, 모임의 횟수를 모두 대라구!"

교실에서의 집단 구타 사건으로 그들이 걸려들었을 때 학생 주임은 전말서를 내밀며 소리쳤다. 기표들은 1학년 때부터 음성 서클로 지목되어 수차례 조사를 받아 왔기 때문이다. 그러나 학생 주임은 번번이 아무것도 알아내지 못했다. 하나도 그것에 대해 알고 있는 게 없었기 때문이다. 재수파는 우리들이 편의상 붙인 이름이었을 뿐이다. 조직이 아니기 때문에 어떤 목적이나 정기적인 모임 같은 게 없었다. 동물 영화를 보면 밀림을 달리는 맹수 떼들은 한 리더를 중심해서 같은 방향으로 달려간다. 그들도 그랬다. 그냥 기표를 중심해서 그들은 모였고 계획된 것이 아니라 지극히 우발적인 악이 그들에 의해서 저질러졌을 뿐이다.

기표는 교실에서 담배를 피웠다. 그의 담배 은닉처는 고흐의 〈자화상〉이 있는 액자 뒤쪽이었다. 쉬는 시간이면 그는 액자 뒤쪽을 더듬어 담배를 꺼냈다. 미션 계통의 학교라 일주일에 몇 번씩 있는 채플 시간을 통해 교목(校牧)이 인간 양심의 타락을 개탄했다. 바로 그러한 시간에 기표는 주번을 대신해서 교실에 남아 담배를 피거나 아이들 도시락을 먹어 버리는 일을 했다. 그는 적어도 하루 두 개의 도시락을 축냈다. 아무도 그것을 항의하지 않았지만 기표 또한 미안해하는 표정이나 사과의 말을 남기는 법이 없었다.

기표들에게 린치를 당하고 학교 골목을 절뚝거리며 걸어 나오던 그 고통스럽고 긴 시간 내가 생각한 것은 기표야말로 우리들이 흔히 말하는 악마의 자식이 아닐까 하는 생각이었다.

내가 이런 생각을 얘기가 통할 만한 집안의 어떤 형에게 말했더니 그가 대답했다.

"맞아. 신이 매우 거북하게 생각하는 악마란 바로 네가 말한 놈처럼 착함을 가질 수 있는 가능성이 전혀 없는 그런 순수한 악마지. 그러한 순수한 악마만이 신을 돋보이게 하기 때문에 신은 마음속으로 괴로운 거야. 그렇기 때문에 신은 결코 악마를 영원히 추방하지 않아. 항상 곁에 두고 자신을 돋보이게 하는 일에 그것을 이용할 뿐이야."

5월 중간고사가 끝나는 날 오후, 반장인 임형우가 드디어 재수파한테 당했다. 아무도 상상하지 못한 일이었다. 그처럼 근본이 포악한 기표마저도 형우의 얘기라면 귀를 기울이곤 했었다. 그처럼 형우는 모든 아이들의 인심을 살 줄 알았다. 형우의 성실성이, 남을 위해 자기를 던질 줄 아는 의협심이, 그의 천성적으로 착하게 보이는 외모가 아이들을 사로잡았다. 다른 반 선생들도 2학년 13반 반장 임형우를 칭찬했다. 형우의 겸손함이 다른 선생들의 호감을 샀다. 형우는 특히 기표에게 잘해 주었다. 아우가 형을 대하듯 스스럼없이 사랑을 주었다. 그렇다고 기표에게 특혜를 얻어 주려고 노력하는 것 같지도 않았다. 유독 그의 환심을 사려고 노력하는 것 같지도 않았다. 물론 다른 아이들이 기표에 대해 갖는 그런 공포 같은 것도 없어 보였다.

그런데 5월 고사에 이르러 형우가 결정적 실수를 했다. 기표와 또 다른 한 아이를 위해서 한 일의 결과가 그렇게 됐다. 시험을 며칠 앞둔 어느 날 형우가 반에서 성적이 괜찮은 몇몇 아이를 모았다.

"두 사람을 조금씩 도와주자."

그가 제의했다.

"이번 시험을 잘 못 보면 또 낙제할 가능성이 있다고 담임 선생님이 말했다."

"나쁜 낙제 제도 때문에 그들이 구제 불능의 상태에 놓이도록 방관하는 것은 옳지 못한 것 같다. 물론 공부를 잘 못하는 것은 그들의 책임이다. 그러나 책임으로 그들을 추궁하기에는 그들이 너무 한심한 상태의 아이들이다."

"결국 동정하자는 거군."

어떤 아이가 말했다.

"인간을 구제한다는 것은 값싼 동정과는 근본적으로 다르다."

"다투고 싶지 않다. 결국 우리가 어떻게 돕자는 거냐?"

먼저 아이가 물었다.

"조금씩만 돕자."

"결국 부정행위를 하란 말이냐?"

"그렇다. 커닝이 교칙에 위반된다고 해서 하기 싫으면 안 해도 좋다. 나는 다만 너희들에게 부탁했을 뿐이다."

"걸렸을 때는?"

"모든 책임은 내가 진다. 내가 시켜서 했다고 해라."

우리는 형우의 단호한 어조에 감명 받았다.

"걔들이 우리들의 도움을 거부하면?"

어떤 애가 그런 우려성을 내놓았다. 충분히 있을 수 있는 일이었다.

"거부하지 않을 것이다. 4월 고사에서 내가 약간 시도해 보았기 때문에 자신할 수 있다."

나는 형우의 눈꼬리에 매달린 다소 교활해 뵈는 웃음을 보았다. 나는 참지 못하고 말했다.

"누구를 위해서 그렇게 하자는 거냐? 기표냐, 아니면 우리들 자신이냐?"

"유대, 네 말은 대답할 가치가 없다고 생각해서 대답을 않겠다."

"대답해라. 대답 못 할 것도 없을 텐데?"

내가 빈정거리는 투로 다그쳤다.

"그렇게 해 주는 것이 옳다고 판단했기 때문이다. 왜 옳은가는 네 자신이 생각해도 된다."

"네 의협심을 존중한다."

내가 간단히 손을 들어 버리자 형우가 당연하다는 듯이 씨익 웃었다.

"이왕 얘기가 났으니 말이지만 이 일은 우리 모두를 위해서 하는 것이라고 생각해도 좋다. 최소한 반장인 내가 기표의 환심을 사려는 개인적인 일이 아니라는 것만 알아줘라. 마지막으로 부탁할 것은 이 일이 내 제안에 의해 이루어졌다는 걸 기표가 모르도록 해 달라는 것이다."

우리들은 형우의 말을 믿었다. 자기가 모든 것을 책임지겠다고 하는 얘기도 그의 진심으로 받아들였다. 4월 중순께 기표가 3학년 형을 구타한 일로 벌을 받게 됐을 때 학급 전원이 서명해서 기표를 구하기 위해 일사불란하게 움직였던 것처럼 우리는 형우의 지시에 따라 세심한 계획을 짜고 시험 날을 기다렸던 것이다. 무슨 과목은 누가 어떤 방법으로 도와준다는 등 그들이 또다시 유급하지 않을 정도의 점수를 올리기 위해 우리들은 빈틈없이 준비했다. 남을 위해서 일한다는 것이 마음에 이다지 큰 기꺼움을 준다는 것도 비로소 알게 되었다.

3일간 계속되는 중간고사 첫날이었다. 기표와 대각으로 앉게 된 정수가 자리의 이점을 이용해서 답안지를 바른쪽 허리께로 내리밀어 기표가 보기 좋게 해 주었다. 첫 시간에 기표가 정수의 그러한 호의를 어떻게 받아들였는지는 알 수 없었다. 다만 그는 퇴장할 수 있는 30분이 되자 제일 먼저 답안지를 놓고 나갔을 뿐이다. 시간이 끝나고 답안지를 거둔 아이의 말에 의하면 기표의 답안지는 거의 백지에 가까웠다는 것만 알았을 뿐이다. 둘째 시간은 영어였다. 총무를 맡은 애가 시간 중간쯤에 문제 번호와 답을 쓴 커닝페이퍼를 몇 사람 손을 거쳐 기표에게 전달했다. 그러나 그것이 문제였다. 기표가 벌떡 일어나 감독 선생 앞으로 걸어 나갔다.

"어떤 새끼가 이걸 나한테 전해 왔습니다."

그는 감독으로 들어온 선생한테 쪽지 한 장을 내밀었다. 그리고 제 자리에 돌아와 앉으며 사방을 휘이 적의 깊게 노려봤다. 악한 자의 간특한 미소가 입가에 고물고물 기어 다녔다.

감독으로 들어온 선생은 마음 너그럽기로 이름난 영어 교사였다. 그는 기표가 내놓은 종이쪽지를 한참 들여다본 후에 말했다.

"누가 이런 메모지를 지금 저 학생한테 전달했나?"

문제 풀기에 여념이 없던 아이들이 한 번씩 고개를 들었다간 다시 문제로 돌아갔다.

"누군가?"

그래도 대답이 없었다.

"어떤 개새끼야?"

이번에는 기표가 자리에 앉은 채 으르렁거렸다.

"선생님. 제가 그랬습니다."

반장인 임형우가 벌떡 일어섰다. 감독 선생이 어이없다는 듯 허허 웃었다.

"아닙니다. 그건 제가 썼습니다."

불쑥 딴 자리에서 또 한 애가 일어섰다. 총무를 맡아보는 애였다.

"아닙니다. 제가 그랬습니다."

다른 아이 하나가 또 일어섰다. 함께 모의를 했던 아이 중의 하나였다.

"접니다."

또 다른 놈이 일어섰다. "접니다." "접니다." 사방에서 우루루 아이들이 일어섰다.

허, 허허, 허허허…… 감독 선생은 이 어처구니없는 사태에 어리둥절한 모양이었다. 기표의 얼굴이 노오랗게 질렸다.

"자, 모두 앉아요."

감독 선생이 뭔가 사태를 파악한 듯 이삼십 명의 아이들을 자리에 앉도록 지시했다. 아이들이 다 자리에 앉은 다음, 그 나이 많은 감독 선생이 말했다.

"오늘 이 일은 전연 없었던 것으로 해 두기로 한다. 아주 훌륭한 사람들이 모인 반이라는 생각이 든다. 종이쪽지를 가지고 나왔던 사람의 곧은 정신이나 우정이 무엇인가를 여실히 보여 준 여러분 모두의 결의는 대단히 훌륭했다."

일은 이런 방향으로 매듭지어졌다. 그 시간이 끝나자 아이들은 숨을 죽이고 기표를 살폈지만 그는 자리에 보이지 않았다. 끝 시간인 셋째 시간도 별일 없이 끝났다. 종례가 끝나고 청소 시간까지 아무런 일이 없었다.

"유대야, 담임이 아까 오라고 한 사람 빨리 교무실로 오래."

한 애가 내게 말을 전해 왔다. 종례가 끝나고 교무실로 돌아가던 담임이 복도에서 나를 불러내어 청소가 다 끝난 뒤 나와 반장, 그리고 정수를 교무실로 오라고 했던 것이다.

함께 교무실로 가려고 찾으니 반장도 정수도 보이지 않았다. 나는 운동장으로 내려서는 계단 휴게실까지 가 보았다. 거기도 그들은 없었다. 교무실에 먼저 가 있겠거니 하고 계단을 올라서는데 정수가 학교 후문 있는 데서 뛰어오면서 손짓하고 있는 게 보였다.

"반장은 어디 갔나?"

담임 선생은 그날 끝낸 화학 시험의 답안지를 정리하며 건성으로 물었다.

"아무리 찾아도 보이지 않아 저희들만 왔습니다."

나는 정수의 얼굴을 쳐다보지 않은 채 대답했다. 곁에 선 정수의 숨소리는 아직도 고르지 않았다.

"응, 됐어. 너희들 둘이 해도 되겠지?"

짐작했던 대로였다. 우리는 담임 선생의 채점 기계로 호출된 것이다. 답안지를 든 담임 선생을 따라 우리는 화학실로 올라갔다.

"나 화학실에 있다고 사환 애한테 일러 둬라. 밖에서 전화 올 게 있다."

복도에서 담임이 말했다. 내가 아래층 교무실로 뛰어 내려갔다. 우리들 사이에 넙쩍이라고 불리는 사환 계집애가 만화책을 보고 있었다.

"우리 담임 선생님 화학실에 계셔. 무슨 일 있으면 그리 연락하라고!"

넙쩍이가 고개를 들지 않은 채, "알았어." 했다.

우리는 담임 선생과 함께 아이들의 답안지에 ○×를 해 나갔다. 맞은 것 틀린 것, 좋은 답 나쁜 답, 착한 놈 나쁜 놈…… 우리들이 동그라미 하나 더 치면 그 아이는 5점이 올라갈 수 있었다.

"야, 느덜 오늘은 속도가 느리구나."

담임의 말이 사실이었다. 우리는 다른 때와 달리 몇 장 넘기지 못하고 있었다. 정수나 나나 매한가지였다. 정수는 눈에 띄게 허둥거리고 있었다. 나 역시 답안지의 내용이 자꾸 헛갈렸다. 적어도 일곱 명쯤의 재수파들 속에 형우가 무릎을 꿇고 와들와들 떨고 있을 것이다. 명치를 찌르는 주먹, 정강이뼈를 겨냥한 구둣발 세례, 피가 꽃망울처럼 솟아오르는 기표의 팔뚝, 허벅지를 태우는 살 냄새…… 하나, 두우울, 세에—엣, 네에—엣, 다아…… 아악, 소리 질러 봐, 죽여 비릴 거니! 석공이 돌을 다듬듯 완벽한 솜씨로 그들은 형우의 육체와 영혼을 주장질시키는 일에 탐닉하고 있을 것이다. 형우는 지금 어떤 표정으로 무슨 생각을 하고 있을까. 정수가 담임에게 일러바쳐 지금쯤 자기를 구원해 주러 오는 사람들을 기다리고 있을 것인가, 아니면 죽기를 각오하고 그들에게 도도한 자세를 보일 것인가. 나는 짐짓 정수의 눈을 찾았다. 나를 바라보는 정수의 눈이 애원하듯 타고 있었다. 그렇게 무서우면 네가 말해! 그런 뜻의 눈짓을 내가 보냈지만 목덜미를 더욱 벌겋게 달구며 고개를 꺾었다.

"너희들이 잘해 주어서 올해는 퍽 수월하게 넘어갈 것 같구나."

담임 선생은 채점을 쉬며 담배를 피워 물었다.

"반장이 생각했던 것보다 잘해 주는 것 같단 말이야. 느이들이 알다시피 우리 반이 2학년 전체에서 제일이거든. 지난 춘계 체육

대회 때 종합 우승이며 이번 이사분기 납부금 실적도 단연 으뜸이고……."

나는 실소하며 정수의 눈을 찾았다. 그러나 정수는 고개를 들지 않았다. 아직 한 권에서 반도 넘기지 못한 채였다. 나는 다시 한번 실소했다. 담임 선생이 지금 형우가 처하고 있을 상황을 안다면 어떤 표정으로 바뀔 것인가.

"참 알 수 없는 일은 최기표가 듣던 것과는 달리 양처럼 순하다 그거야. 몇 번 말썽이 있긴 했지만 그까짓 거야 별거 아니지. 어떻든 그놈도 본성은 착한 놈인데 가정 형편이 좋지 못한가 보더라."

담임 선생은 자기가 부리는 채점 기계의 묵묵한 작업에 눈을 보낸 채 자못 흐뭇한 표정이었다.

"다 담임 선생님께서 잘 지도해 주신 덕분이죠 뭐."

내가 시치미를 떼면서 말하자,

"아닌 게 아니라 나로서도 그동안 너희들이 이해 못할 애로 사항이 많았다. 인간을 교육한다는 것이 새삼 어렵다는 걸 깨닫게 됐고, 또한 그런 어려움 속에서 교육하는 보람도 얻을 수 있었던 거지."

정수가 비로소 고개를 들어 나를 쳐다보았다. 그의 이마에 번지르르 땀이 배어나고 있었다. 그의 눈알이 불안하게 움직였다. 그는 몹시 괴로워하고 있음이 분명했다. 형우가 재수파들한테 끌려 학교 뒷산 으슥한 곳으로 끌려갔다는 사실을 내게 전해 준 것만으로도 그는 마음이 가벼워질 줄 알았을 것이다. 그러나 지금 그는 그 사실을 나한테 얘기한 것을 몹시 후회하고 있는지도 모른다. 나라면 담임 선생한테 그 사실을 쉽게 알릴 수 있으리라고 생각한 자신의 판단이 빗나간 데 대한 당혹감으로 그는 떨고 있는 것이다.

'엄마, 느덜이 생각한 것처럼 난 담임 선생의 첩자가 아냐.'

나는 다시 정수의 눈에 맞춰 눈싸움을 벌였다. 정수는 금방 울음을 터뜨릴 것 같은 표정이었다. 자칫하다가는 이 녀석이 발광을 할는지도 모른다는 생각이 들었다.

1학년 때 나는 해중이란 아이가 기표 때문에 학교를 그만둔 일을 알고 있었다. 그 애 역시 재수파였다. 다섯 놈이 캠핑을 나가 여학생 하나를 결딴냈다. 피해자 측에서 사생결단하고 덤벼 일이 크게 번졌다. 당한 애가 인상을 말했기 때문에 범위는 대번 좁혀져 재수파들이 학생부실에 불려 갔다. 그러나 그들은 한사코 잡아뗐다. 하루 내내 족쳐도 헛일이었다. 여학생과 대면을 시키겠다고 해도 만나게 해 달라고 날뛰었다. 그때 그들 재수파 중의 한 아이 어머니가 학교에 나타난 것이다. 그네는 학생부실에 들어서기가 무섭게 기표를 손가락질했다. "저 놈, 저 놈이 우리 해중일 맨날 불러냈지! 우리 해중일 망치는 놈이 바로 저 놈이라우!" 모두 기표를 바라보았다. 기표는 눈썹 하나 까딱하지 않은 채 해중이를 돌아다보았다. "이 새끼야, 내가 느네 엄마 말대로 널 맨날 불러냈냐?" 소름이 끼치도록 낮고 매서운 추궁이었다. "말해라, 이 녀석아, 왜 사실대로 말 못 하는 게야?" 해중이 엄마가 펴 댔다. "말해!" 기표가 씹어뱉듯 말했다. 해중이가 느닷없이 몸을 와들와들 떨기 시작했다. 그리고 미친 사람처럼 부르짖기 시작했다. "엄마, 기표는 우리 집에 한 번도 안 왔어. 우리 집도 모른단 말이야. 선생님, 접때 그 일은 제가 했어요. 딴 학교 애들하고 그랬단 말예요." 그는 말을 마치기가 무섭게 학생부실 시멘트벽에 머리를 두어 번 부딪쳤다. 해중이가 병원으로 들려 간 뒤 학생부 선생이 함께 조사를 받던 놈들한테 물었다. "해중이 말이 사실이냐?" 기표가 고개를 끄덕거린 다음, "그 쌍새끼……." 하고 중얼거렸다. 다른 애들도 모두 기표처럼 고개를 끄덕거렸다. 해중이가 스스로 학교를 물러난 것으로 일은 끝나 버렸던 것이다.

"아직 멀었냐?"

담배를 피운 다음 책상에 앉아 잠시 졸고 난 담임 선생이 다시 물었다.

"느 정말 오늘 왜 이렇게 늦냐?"

우리들은 대답할 수가 없었다.

"어때, 90점 이상 많이 나오냐?"

"하나도 없는데요."

"참 느들 공부 안 해 큰일 났다."

그때 화학실 문이 열렸다. 넙쩍이 아가씨가 거기 서 있었다.

"왜, 나한테 전화 왔냐? 여자지?"

그러나 넙쩍이 아가씨가 헐떡이는 목소리로 말했다.

"전화가 아녜요. 선생님 빨리 내려가 보세요. 야단났어요."

담임 선생이 허둥지둥 달려 나갔다. 정수의 얼굴이 하얗게 질리고 있었다.

"유대야, 말하는 건데 그랬다."

"난 네가 말할 줄 알았지."

"아까 네가 말하지 말랬잖아. 난 네가……."

정수는 금방 울음을 터뜨리기라도 할 듯 얼굴을 우그러뜨렸다.

"기표가 안 좋아할걸. 고자질하는 거 말이야."

"그렇지만 형우가……."

"아마 형우도 원하지 않았을 거다."

"왜, 왜 그렇게 생각하니?"

"응, 형우는 자신이 스스로 그렇게 당하길 원했거든."

정수가 무슨 얘기냐는 듯 나를 보았지만 나는 짐짓 딴전을 부렸다.

"죽진 않았을 거다."

우리들이 답안지를 정리해 들고 교무실에 내려왔을 때는 교무실에 넙적이 아가씨 혼자 있었다.

"김 선생님이 빨리 한강병원으로 오라고 하던데요."

"무슨 일이래요?"

"어떤 아줌마가 아까 막 달려와서 학생들이 뒷산에서 사람을 죽인다고 해 학생 주임 선생님이 가 봤더니요, 2학년 13반 반장이 혼자 뒹굴고 있더래요."

우리들은 학교에서 가까운 거리의 한강병원까지 단 한마디 말도 하지 않은 채 달려갔다. '죽지 않았을 거다.' 나는 뛰면서 생각했다. '기표가 사람을 죽일 리가 없지. 기표는…….'

형우는 응급실 의자에 엉거주춤 누워 있었다. 형우가 외관상 멀쩡해 보이는 데 대한 한 가닥 실망이 스쳤다. 그러나 자세히 보니 형우의 얼굴은 퉁퉁 부어 있었고 임시로 잡아맨 넓적다리의 붕대 위엔 꽃송이처럼 선명한 핏자국이 피어올랐다.

우리를 발견한 형우가 재빠른 동작으로 손가락 하나를 퉁퉁 부은 제 입술에 댔다가 떼었다. 나는 고개를 끄덕거려 주었다.

"유대야, 너 형우네 집 전화번호 알지?"

학생 주임과 함께 서 있던 담임이 물었다.

"모르겠는데요."

나는 시치미를 떼며 형우의 표정을 살폈다. 형우는 얼굴을 찡그리며 말했다.

"선생님, 제발 저를 그냥 돌아가게 해 주세요. 전 아무렇지도 않단 말씀예요."

"임마, 여길 나가기 전에 사실대로 대란 말이다."

학생 주임이 다그쳤다.

"말씀드릴 수 없습니다. 제가 잘못한 일로 싸웠는데 왜 친구들을 괴롭혀야 합니까."

"임마, 넌 싸우지 않았어. 본 사람이 그랬어, 네가 몰매를 맞더라고."

"아닙니다, 선생님. 제가 먼저 그 아이한테 시비를 걸었던 것입니다. 그리고 싸웠던 겁니다."

"그게 누구냔 말이다."

"말할 수 없습니다."

"너 정말……."

학생 주임이 혀를 내둘렀다.

"너 정말 학교를 허수아비로 아는 거냐? 학교 다니기 싫어?"

"저는 처벌을 달게 받겠습니다. 그러나 그 아이들을 말할 수는 없습니다."

담임 선생은 얼굴에 그늘을 깐 채 팔짱을 끼고 한 편에 묵묵히 서 있었다. 우리 반의 일사불란한 항해를 거스른 자가 누굴 것인가,

그것을 생각하고 있는지도 몰랐다. 이제야말로 우리들 손에서 고삐를 낚아채어 거머쥐고 목을 옥죄고 싶은 심정일 것이다.

"유대, 넌 알 거다. 형우를 때린 놈들이 기표네 패라는 걸 말이다."

"형우가 그렇게 말했나요?"

"그런 건 아니지만 그건 틀림이 없다. 기표 놈이 아니곤 그런 짓을 할 놈이 없다."

담임은 헐떡거렸다. 양같이 순하게 길들여졌다고 확신했던 자신의 어리석음을 질타하고 있을 것이다.

"선생님, 형우가 뭘 잘못했다는 걸까요?"

내가 짐짓 떠보았다.

"형우가 거짓말을 하고 있는 거다. 잘못하기는커녕 형우가 그놈들을 위해서 얼마나 많은 일들을 했는지 넌 모를 게다."

담임 선생은 몹시 흥분하고 있었다. 기표에 대한 혐오감으로 해서 얼굴이 벌겋게 달아올랐다. '기표를 미워하다니.' 나 역시 담임 선생에 대한 적대감으로 몸을 떨었다.

"뭡니까, 선생님. 형우가 기표를 위해서 무얼 했단 말입니까?"

내 반감 짙은 어투에 놀랐는지 담임 선생은 좀 멈칫했다. 그러나 곧 비웃음 섞어 말했다.

"임마, 나는 다 알고 있어. 기표가 저질러 온 짓 말이다. 유대, 너도 기표한테 당했잖아! 그리고 너희들이 그놈들 부정행위를 거들어 준 것도 알고 있다."

'그랬겠지.' 나는 속으로 신음처럼 중얼거렸다. 무서웠다. 어른들의 음흉스러운 심보, 알면서도 모른 체 시치미를 뗀 그 저의는 무엇인가.

형우는 우리들 사이에서 일약 영웅이 돼 버렸다. 예상 안 한 건 아니지만 그 여세는 보통이 아니었다. 3학년에서도, 1학년 하급생들도 2학년 13반 반장 임형우가 입에 올랐다. 전치 2주의 상해를 입고도 끝내 그 상대를 입에 올리지 않음으로 해서 형우의 존재는 풍선처럼 부풀었다.

기표가 그 사건 다음 날부터 내리 사흘이나 학교에 나오지 않았어도 재수파들은 학생부에 불려 가지 않았다. 아무도 그것을 문제 삼지 않았다.

담임이 학교에 나오지 않는 기표를 찾기 위해 뚝방 동네를 연 이틀이나 헤맨 사실도 학교에 널리 알려졌다. 기표가 학교에 나온 날 담임은 조회 시간에 간단히 말했다.

"최기표 군은 그동안 피치 못한 가정 사정으로 결석했다. 앞으로 다시는 결석이 없을 것으로 안다."

항상 빳빳하게 쳐들고 앉았던 기표의 고개가 잠깐 숙여지는가 싶게 느껴졌다. 그것은 이상한 조짐이었다.

형우가 병원에서 퇴원을 해 2주일 만에 학교에 나왔다. 악수 세례가 쏟아지고, 등을 두드리고, 체육 시간에는 헹가래까지 시키려고 했지만 형우가 도망을 쳤다. 그렇게 하면서 우리들은 숨죽여 기표의 동정을 살폈다. 그러나 그의 차가운 시선에 부딪친 아이들은 섬뜩한 느낌으로 고개를 돌리곤 했다. 나는 후우— 가슴을 쓸어내렸다.

"형, 우리 미술 시간에 라면 먹으러 갈까?"

내가 말을 건넸다. 우리들은 가끔 후동 교사 뒷담을 넘어 구멍가게에서 라면을 사 먹은 다음 감쪽같이 들어오곤 했다. 재수파들이 그 전문이었던 것이다.

"필요 없어."

기표가 쳐다보지도 않은 채 퉁명스럽게 뱉었다. 그는 국어책을 읽고 있었다. 안톤 슈나크의 〈우리를 슬프게 하는 것들〉. 울음 우는 아이는 우리를 슬프게 한다.

다른 반 애들이 말했다. 선생들이 교실에 들어올 때마다 임형우의 일화가 예로 들어지면서, 학우를 아끼고 의리로써 지켜 준 참다운 우정과 반의 결속을 위해 담임 선생과 함께 남모르게 애써 온 그 숨은 이야기가 술술 펼쳐지더란 것이다. 교정에 모여 선 아이들도 입에 입에 형우의 얘기로 만발했다.

"우리들이 커닝을 도와준 것이 기표의 비위를 상하게 한 모양이지?"

병원에 있을 때는 남의 눈을 생각해 못 물어본 걸 하굣길 둘만의 자리가 됐을 때 내가 넌지시 물어보았다.

"글쎄, 그런 것 같았다."

형우가 짐짓 좌우를 둘러보면서 대답했다.

"그때 그 일, 담임 선생님이 시켜서 한 거지?"

내가 넘겨짚자 형우가 한 순간 당황하는 것 같았다. 언제고 밝히고 싶었던 것이라 나는 다시 다그쳤다.

"그렇지?"

"꼭 그런 건 아니지만 그 문제를 담임 선생님과 의논한 건 사실이다."

"합법적으로 만들기 위해서냐?"

"아니다. 담임 선생님이 기표를 나한테 일임하겠다고 말했기 때문이다. 선생님은 기표를 구원해 주고 싶었던 것이다."

"그랬겠지. 형우야, 넌 지금 네가 기표를 구원했다고 보니?"

"아직 완전히는…… 그러나 머지않았다."

나는 웃어 주었다.

"기표는 그렇게 생각하지 않을걸. 형우 네가 구원해 주고 있다고 말이야."

"그것은 기표가 생각할 일이 아니다."

"무슨 뜻이냐?"

"우리가 무서워했던 건 기표가 아니라 기표를 둘러싸고 있는 재수파들이었다."

"그런데?"

"이제 그 조직은 없어졌다."

"무슨 근거로 그렇게 말하는 거냐?"

"내가 병원에 있을 때 그 애들이 모두 나한테 사과하러 왔었다. 하나하나 서로가 모르게 다녀갔다."

"기표두 왔었니?"

내가 헐떡이면서 물었다.

"오지 않았다. 그러나 난 그런 놈한테 사과도 받고 싶지 않다."

'그럴 테지.' 나는 후우 가슴을 쓸어내렸다.

"그래, 다른 애들이 너한테 사과를 했다고 해서 재수파가 없어졌다고 생각하는 건 잘못일 거야."

"물론 겉으로야 그대로 남아 있겠지. 그러나 그들은 이미 이빨 빼 뱀이나 다름없어. 걔들이 모두 나한테 말했다. 기표는 악마라고. 자기들 피를 빨아먹고 사는 흡혈귀라고."

형우와 갈라서야 하는 길목에 와 있었다. 나는 형우네 집 쪽으로 따라가며 물었다.

"너 지금 무슨 얘길 하는 거냐?"

형우가 나를 향해 싱긋 웃었다.

"기표는 다 아는 것처럼 가난한 집 애다. 거기다가 그 부모가 다 병들어 누워 있다. 시집간 기표 누나가 대 주는 돈으로 겨우겨우 먹고산댄다. 기표 동생이 셋이나 있다. 기표 바로 밑의 동생이 버스 안내원을 해서 생활비를 보탰는데, 요즘 무슨 일로 해서 그것도 그만두었다. 아무튼 생활이 말두 아니란 거야. 재수파들이 매달 얼마씩 모아 생활비를 보태 줬다는 거야. 집에서 돈을 뜯어낼 수 없는 애들은 혈액은행에 가 피를 뽑아 그 돈을 내놓았다는 거다."

"그렇게 해 달라고 기표가 강요한 건 아닐 텐데."

"마찬가지다. 재수파들은 기표가 무서웠다는 거야."

"지금도 무서워하고 있는걸."

"그렇지 않아."

병원에서 지내는 동안 혈색이 더 좋아진 형우가 자신 있게 말했다.

"이제 아무도 기표를 무서워하지 않게 될 거다."

형우가 손을 흔들고 자기 집 골목으로 사라져 버렸다. 그는 유능한 반장이 틀림없다고 나는 생각했다. 씁쓸한 느낌이 가슴을 스쳤다.

담임의 예언대로 기표는 결석을 하지 않았다. 형우와 기표 사이에도 이렇다 할 마찰이 없이 여름 방학이 지났다. 교실에서 도시락이 없어지는 일도 드물었다. 물론 재수파들이 기표를 찾아 교실에 들락거리는 횟수는 잦았지만 아이들은 그닥 신경을 곤두세우지 않아도 되었다. 기표는 여전히 침묵하고 있었다. 담임 선생이 가끔 기표에게 학급 사무를 맡기는 게 눈에 띄었다. 기표가 별 표정 없이 그런 일을 맡아 했다.

그날도 기표는 담임 선생의 지시에 의해 체육부실에 내려가 우리 반 아이들의 체력 검사 통계를 내고 있었다. 그런 시간 담임 선생이 말했다.

"66명이 탄 우리 배는 순풍을 맞아 참으로 순탄한 항해를 하고 있다. 다 여러분의 노력에 의한 것이라고 생각한다. 그런데 한 가지 알려 줄 게 있다. 여러분의 한 친구가 매우 어려운 처지에 놓여 있

다. 그 자세한 얘기는 반장이 해 줄 것이다. 다만 담임으로서 당부하고 싶은 것은 그것이 남의 일 아닌 내 일이라고 생각해서 그 사람을 돕는 일에 앞장서 주기 바란다."

담임 선생이 교단에서 내려서고 그 대신 반장 임형우가 사뭇 엄숙한 표정으로 단 위에 섰다.

"담임 선생님의 말씀처럼 지금 우리 친구 하나가 매우 어려운 처지에 놓여 있다. 좀 늦은 감이 있지만 지금이라도 힘을 합쳐 그 친구를 구원해 주어야 한다고 생각한다."

이렇게 서두를 잡은 형우는 언젠가 하굣길에서 내게 들려준 기표네 가정 형편을 반 아이들한테 이야기하기 시작했다. 그런데 놀라운 일은 형우의 혀였다. 나한테 얘기를 들려줄 때의 그런 적대감은 씻은 듯 감추고 오직 우의와 신뢰 가득한 말로써 우리의 친구 기표를 미화하는 일에 열을 올렸던 것이다.

기표 아버지가 중풍에 걸려 식물인간처럼 누워 있는 정경이며 기표 어머니의 심장병, 그러한 부모를 위해서 버스 안내원을 하던 기표 여동생의 눈물겨운 얘기, 라면으로 끼니를 때우는 기표네 식구들의 배고픔이 눈에 보이듯 열거되었다. 그런 가난 속에서도 가난을 결코 겉에 나타내지 않고 묵묵히 학교에 나온 기표의 의지가 또한 높게 치하되었다. 더구나 그런 가난 속에서 유급을 했기 때문에 1년간의 학비를 더 마련해야 했던 그 고통스러운 얘기도 우리 가슴에 뭉클 뭔가 던져 주었다.

"나는 얼마 전 기표가 버스 안내원을 하던 여동생을 몹시 때린 일을 알고 있습니다. 그 여동생은 몸이 약해 버스 안내원을 그만두었던 것인데 생활이 더 어렵게 되자 돈을 벌기 위해 술집에 나가기로 했었다는 것입니다. 우리는 그 여동생이 앞으로 어떤 무서운 수렁에 떨어져 내릴는지 아무도 알 수가 없습니다."

반 아이들은 사뭇 숙연한 자세로 형우의 말에 귀를 기울였다.

형우는 기표네 가정 사정을 낱낱이 얘기함으로써 이제까지 우리들에게 신화적 존재로 군림해 온 기표의 허상을 빈곤이라는 그 역겨운 것의 한 자락에 붙들어 맨 다음 벌거벗기려 하는 것 같았다. 기표는 판잣집 그 냄새나는 어둑한 방에서 라면 가락을 허겁지겁 건져 먹는 한 마리 동정 받아 마땅한 벌레로 변신되어 나타났다.

"한 가지 또 알려 줄 게 있습니다. 그것은 어려운 처지의 친구를 위해서 이제까지 남이 모르게 도와 온 우정이 있다는 것입니다. 그것은 기표의 가까운 친구들입니다. 이제까지 우리들이 재수파라고 불러 온 아이들입니다. 우리들이 무시해 온 그들이야말로 진정 아름다운 우정이 어떤 것인가를 보여 주었던 것입니다. 그들은 매달 용돈을 저축하고 또는 방학 때 공사장에 나가 일을 해서 받는 돈으로 기표를 도와 온 것입니다. 그들 중에는 매달 자신의 귀한 피를 뽑아 그 돈을 내놓기도 했습니다. 한 달에 피를 세 번이나 뽑았기 때문에 빈혈을 일으켜 병원에 입원했던 사람도 있습니다. 사회에서 구원받지 못한 가난을 우정으로써 구원하려 한 그들이야말로 훌륭한 정신의 소유자입니다. 협동과 봉사, 기여 정신의 산증인들입니다. 우리들은 가끔 학교에 싸 가지고 온 도시락이 텅텅 비어 있는 것을 발견하고 기분 나쁘게 생각한 적이 있습니다. 그것은 진정으로 배고파 보지 못한 우리들의 우매함이었습니다. 남의 찬 도시락을 훔쳐 먹어야 했던 우리의 가난한 이웃을 우리는 너무나 모르고 지냈습니다. 나는 반장으로서 그 사실을 몹시 부끄럽게 생각합니다. 그것을 사과하는 뜻에서 나는 오늘이라도 우리의 친구 기표를 돕는 일에 앞장서기로 결심한 것입니다."

아이들이 술렁거리기 시작했다. 깊은 감동의 강물이 모두의 가슴 한가운데를 출렁이며 흘러가고 있었던 것이다.

담임 선생이 교단으로 다가갔다. 그는 주머니에서 만 원짜리 한 장을 꺼내어 교탁 위에 놓았다. 반장도 안주머니에 손을 넣었다. 아이들이 조용한 술렁거림 속에서 모두 돈을 찾아 들었다.

"오늘 돈이 없는 사람은 내일 가져오는 게 어떻습니까?"

한 아이가 일어나서 큰 소리로 제안하자 모두 "그럽시다." 소리쳤다. 박수가 쏟아져 나왔다.

모 일간지 편집부 국장을 지내는 학부형이 우리 반에 있었다. 담임 선생님과 반장이 그 학부형을 만나러 갔다. 그 신문사 기자가 학교에도 여러 번 다녀갔다.

며칠 뒤에 신문 미담란에 우리 반 얘기가 크게 다뤄졌다. 박스 기사였다. 기표의 갸륵한 효성에서부터 재수파들의 우정 어린 피 뽑기와 급우들로부터 시작된 친구 돕기 운동이 전교적으로 파급되어 이룩한 성과가 자세하게 났다. 기표의 여동생 얘기도 끼어 있어 그 기사를 읽은 우리들의 콧등이 새삼 찡했다. 기사 맨 위에 담임 선생과 반장, 그리고 기표의 사진이 박혀 있었다. 교장 선생님 지시에 의해 그 기사는 각 교실 후편 게시판에 붙이게 돼 있었다.

그 신문 기사가 나가고부터 월요 조회 때마다 교장 선생님은 사회 각계에서 보내오는 성금과 위문편지를 최기표에게 전달했다. 담임 선생님도 종례 때면 기표에게 편지 여러 장을 건네며,

"거기 여학생 편지도 많이 있으니까 혼자 몰래 보라구."

아이들이 와하하 웃었다. 기표가 얼굴을 벌겋게 달구며 편지 다발을 책상 속에 넣곤 했다. 그럴 때마다 아이들이 박수를 쳤다. 실로 화기애애한 반이 되었던 것이다.

"기표 얘기가 영화로 된다며?"

"그렇대. 재수파들을 중심으로 한 얘긴데 TV에 나오는 〈제3교실〉 같은 거겠지."

어디서 나온 얘긴지 기표의 얘기가 영화로 만들어진다는 소문이 파다했다.

이제 아이들은 아무도 기표를 무서워하지 않았다. 형이라고 호칭

하는 아이도 드물었다. 아무나 곁에 가서 말을 걸 수가 있었고 때로는 어깨도 쳤다.

그것은 기표가 아주 부끄러움을 잘 타는 아이로 변해 버렸기 때문이다. 누구를 만나도 수줍어하는 그 아이는 그렇게 당당하던 체구마저도 왜소하게 짜부라진 채 우리가 보통 사진을 찍을 적에 '치이즈' 하고 웃듯 그런 미소를 얼굴에 담고 있었다.

우리는 그렇게 미소 짓는 기표의 얼굴을 보면서 일사불란한 항해를 계속했다. 담임은 더욱 깊은 이해로써 우리 반을 돌봐 주었다. 반장 형우는 그 나름의 성실과 지혜로 '우리'를 위해 헌신했다. 우리 교실에 들어오는 선생님마다 칭찬의 말을 아끼지 않았다. 기표의 얘기가 영화로 만들어진다는 얘기가 더욱 구체적으로 드러나기 시작했고 우리들은 덩달아 들떠서 술렁거렸다.

그러던 어느 날 우리는 기표의 자리가 빈 것을 알았다. 다음 날도 그는 결석했다. 무단결석이었다. 담임 선생이 한 아이를 기표네 집에 보냈다.

"집에도 없어. 이틀 전에 집을 나갔대."

우리들은 서로 얼굴을 마주 보며 술렁거리기 시작했다. 뭔가 심상찮은 생각들이 머리에 젖어들었다.

기표가 내리 사흘이나 결석을 한 아침나절이었다. 수업 중인데 담임이 형우와 나를 찾는 쪽지가 왔다.

우리가 교무실에 내려갔을 때 담임 선생은 병색이 완연해 뵈는 어떤 여자와 얘기를 나누고 있었다. 그네는 초가을인데도 낡고 두

터운 오바를 걸치고 있었다.

"아이구, 우리 기표 친구들이구만. 시상에 이렇게 고마운 친구들이 어디 있겠누. 그런데 이눔에 자슥이……."

그네는 몸을 일으켜 우리에게 굽실거리며 때 낀 손수건으로 눈물을 찍어 냈다. 그네는 우리의 손을 더듬어 쥐고 싶어 했다.

"자, 이제 고만 돌아가십시오. 애들하고 의논해서 찾아보겠습니다."

담임 선생은 기표 어머니를 내쫓듯 교무실에서 밀고 나갔다. 그네는 교무실을 나가며 자꾸 아쉬운 듯 우리들 얼굴을 돌아다보았다.

그네를 배웅하고 돌아온 담임이 의자에 소리 나게 주저앉으며 부들부들 떨리는 손으로 담배를 피워 물었다.

"이 망할 새끼가 끝까지 말썽이란 말이야."

그는 담배 연기를 깊이 빨아들였다가 내뿜으며 투덜거렸다.

"내일 천흥영화사 사람들하고 만나기로 약속한 날이잖냐? 그런데 이 망할 새끼가……."

그는 서랍에서 편지 하나를 꺼내 우리들 앞에 내던졌다. 기표가 바로 밑의 여동생한테 보낸 편지였다. 편지 맨 앞줄에 이렇게 쓰여 있었다.

'무섭다. 나는 무서워서 살 수가 없다.'

-《세계의 문학》 1980년 2월호에 실린 것을 바탕으로 함.

간특하다 자기의 이익을 위하여 나쁜 꾀를 부리는 등 마음이 바르지 않거나, 마음이 흉악하고 독하다.

격하시키다 자격이나 등급, 지위 따위의 격을 낮게 하다.

결딴 어떤 일이나 물건 따위가 아주 망가져서 도무지 손을 쓸 수 없게 된 상태.

공대하다 공손하게 잘 대접하다.

교목 학교에서, 예배와 종교 교육을 맡아보는 목사.

군림하다 어떤 분야에서 절대적인 세력을 가지고 남을 압도하다.

기꺼움 마음속으로 은근히 기뻐하는 느낌.

냉혈동물 '체온을 조절하는 능력이 없어서 바깥 온도에 따라 체온이 변하는 동물'을 뜻하는 말이지만, 여기서는 '냉혈한(인정이 없고 아주 차가운 남자)'이라는 뜻으로 쓰였다.

딴전 어떤 일을 하는 데 그 일과는 전혀 관계없는 일이나 행동.

몰매 여러 사람이 한꺼번에 덤비어 때리는 매.

무언극 대사 없이 표정과 몸짓만으로 내용을 전달하는 연극.

미션〔미션스쿨〕 기독교 단체에서 전도와 교육 사업을 목적으로 운영하는 학교.

미지 아직 알지 못함.

박스 기사 어떤 사실과 관련하여 해설이나 주변 이야기를 더하여 흥미 위주로 쓴 기사.

발광 어떤 일에 몰두하거나 어떤 행동을 격하게 함을 낮잡아 이르는 말.

버스 안내원 예전에, 버스의 여차장(기차나 버스 따위에서, 발차 신호나 승객의 안내 등 차 안의 일을 맡아보던 여자 승무원)을 이르던 말.

병색 병든 사람의 얼굴빛.

부심하다 어떤 문제를 해결하기 위한 방안을 생각해 내느라고 몹시 애쓰다.

사환 관청이나 회사, 가게 따위에서 잔심부름을 시키기 위하여 고용한 사람.

산증인 어떤 분야의 역사 따위를 생생하게 증언할 수 있는 사람.

석공 돌을 다루어 물건을 만드는 사람.

세례 어떤 사건이나 현상으로 받는 영향이나 단련 또는 타격.

수렁 헤어나기 힘든 곤욕을 비유적으로 이르는 말.

실소하다 어처구니가 없어 저도 모르게 웃음이 툭 터져 나오다.

심중 마음속.

십년감수 수명이 십 년이나 줄 정도로 고비를 겪음.

안하무인 눈 아래 사람이 없다는 뜻으로, 방자하고 교만하여 다른 사람을 업신여김을 이르는 말.

알조 알 만한 일.

엄단하다 몹시 엄하게 결단을 내려 처치하거나 처분하다.

여세 어떤 일을 겪은 다음의 나머지 세력이나 기세.

여실히 사실과 꼭 같이.

오바〔오버〕 외투(추위를 막기 위하여 겉옷 위에 입는 옷을 통틀어 이르는 말).

오얏 자두.

오장 간장, 심장, 비장, 폐장, 신장의 다섯 가지 내장을 통틀어 이르는 말.

완연하다 눈에 보이는 것처럼 아주 뚜렷하다.

우매하다 어리석고 일의 이치에 어둡다.

우의 친구 사이에 서로 사귀어 친하여진 정.

울화통 몹시 쌓이고 쌓인 마음속의 화를 속되게 이르는 말.

유급 학교나 직장에서 상위 학년이나 직책으로 진급하지 못하고 그대로 남음.

일사불란하다 질서가 정연하여 조금도 흐트러지지 아니한 상태이다.

일약 지위, 등급, 가격 따위가 단번에 높이 뛰어오르는 모양.

일임하다 모두 다 맡기다.

저의 겉으로 드러나지 아니한, 속에 품은 생각.

전말서 잘못을 저지른 사람이 사건의 경위를 자세히 적은 문서.

전정하다 가지치기하다.

전치 병을 완전히 고침.

주장질 몹시 나무라거나 때리는 일.

진물 부스럼이나 상처 따위에서 흐르는 물.

채플 기독교 계통의 학교 따위에서 행하는 예배 모임.

촌지 정성을 드러내기 위하여 주는 돈. 흔히 선생이나 기자에게 주는 것을 이른다.

칼침 칼로 남을 찌르거나 남의 칼에 찔리는 것을 이르는 말.

파급되다 어떤 일이 끝난 뒤에 남아 미치는 영향이 차차 다른 데로 미치게 되다.

파다하다 소문 따위가 널리 퍼져 있다.

포악성 사납고 악한 성질.

푸념 마음속에 품은 불평을 늘어놓음. 또는 그런 말.

혈액은행 환자 의료 기관과 수혈자의 사이에서 수혈용 혈액을 공급하는 것을 목적으로 하는 기관.

환심 기뻐하고 즐거워하는 마음.

깊게 읽기

물고 답하며 읽는 〈우상의 눈물〉

배경

인물·사건

작품

주제

1_ 갈등 – 악과 또 다른 악

린치가 뭔가요?

담임은 왜 '일사불란한 항해'를 중요시하나요?

기표는 왜 담임 선생이 준 추리닝을 찢어 버렸나요?

형우는 왜 커닝 사건을 일으켰나요?

담임은 왜 기표의 가출에 화를 낼까요?

2_ 유대 – 무기력한 이성

유대는 왜 린치당한 걸 어른들에게 말하지 않았나요?

유대는 왜 형우의 혀가 놀랍다고 했을까요?

〈우리를 슬프게 하는 것들〉은 어떤 글인가요?

유대는 왜 형우보다 기표에게 마음이 기울었을까요?

3_ 기표 – 길들여진 우상

〈제3교실〉은 어떤 드라마인가요?

기표는 무엇이 무서웠을까요?

제목이 왜 '우상의 눈물'일까요?

1

갈등 – 악과 또 다른 악

린치가 뭔가요?

> 학교 강당 뒤편 으슥한 곳에 끌려가 머리에 털 나고 처음인 그런 무서운 린치를 당했다. 끽소리 한번 못한 채 고스란히 당해야만 했다. 설사 소리를 내질렀다고 하더라도 누구 한 사람 쫓아와 그 공포로부터 나를 건져 올리지 못했을 것이다.

이 작품의 시작은 꽤나 충격적입니다. 서술자인 유대가 '재수파'라고 불리는 기표 패거리에게 집단 폭행을 당하는 장면에서 시작하지요. 대개 단편소설은 이렇듯 사건 한복판에 독자를 떨어뜨리는 식으로 시작하는 경우가 많아요. 이런 시작은 독자에게 흥미를 주고 긴장감을 높이는 구실을 합니다.

그런데 유대가 당한 집단 폭행을 '린치'라는 말로 표현했어요. 린치의 사전적 의미를 표준국어대사전에서 찾아보면, "정당한 법적 수속에 의하지 아니하고 잔인한 폭력을 가하는 일"이라고 나와 있어요. "미국 독립 혁명 때에, 반혁명 분자를 즉결 재판으로 처형한 버지니아 주의 치안 판사 '린치(Lynch, C. W.)'의 이름에서 유래한다"고 하네요. 그리고 '폭력'으로 순화해야 한다고도 나와 있습니다.

그런데 '린치'라는 말을 '폭력'으로 순화해야 한다면 '린치'와 '폭력'

은 거의 같은 의미여야 할 텐데, 뜻풀이를 보면 그렇지 않은 것 같아요. '정당한 법적 수속에 의하지 아니하고 잔인한 폭력을 가하는 일'이라고 풀이해 놓은 것을 보면 '정당한 법적 수속에 의한 폭력'도 있을 수 있으니까요.

여기서 우리는 중요한 문제 하나를 살펴볼 수 있습니다. 이 작품에는 두 가지 폭력의 모습이 나타나고 있어요. 하나는 '정당한 법적 수속에 의하지 않은' 폭력입니다. '법적'이라는 말이 조금 부담스럽다면 '정당하지 않은 폭력'이라고 생각하면 되겠지요. 또 하나는 '정당한 법적 수속에 의한 폭력', 말을 바꾸자면 '정당한 폭력'이 되겠습니다.

그런데 과연 '정당한 폭력'이라는 것이 있을까요? '정당화될 수 있는' 아니면 '정당화할 수 있는' 폭력이라고 하면 어떨까요? 작품의 첫머리에서 기표 패거리가 유대에게 행한 폭력이 '정당하지 않은' 또는 '정당하게 보이지 않는' 폭력이라면 기표의 반대편에서 '정당하게 보이는' 폭력을 행사하는 누군가도 이 작품 속에는 등장하지 않을까요?

기표가 유대에게 행하는 폭력은 '린치', 즉 정당하지 않은 폭력이에요. 그런데 기표는 왜 그런 폭력을 행할까요? 기표가 유대에게 이런 말을 던집니다. "메시껍게 놀지 마!"(작품에서는 '메시껍게'라고 표현했지만 '메스껍게'가 맞춤법에 맞습니다.) 기표는 유대를 메스껍게 여기는군요. 비슷한 표현으로 바꾸자면 '티껍다'나 '재수 없다'와 통하겠네요. 그런데 왜 하필 '메스껍다'는 표현을 썼을까요? 거침없이 폭력을 휘두르는 기표가 실은 예민하고 상처 받기 쉬운 아이라는 것을 드러내기 위한 장치는 아닐까요? 메스껍다는 말은 속이 울렁거릴 때 쓰는 말이니까요.

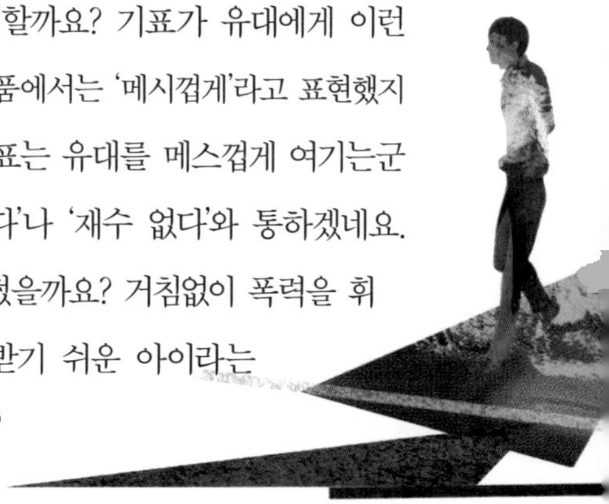

학교 폭력 문제에 대해 많이 고민하고 공부해 온 선생님들이 쓴 책인 《이 선생의 학교 폭력 평정기》에 보면, 학교 폭력의 가장 큰 원인 가운데 하나가 '센 척'이라고 해요. 그런데 '센 척'을 한다는 건 사실은

세지 않기 때문이 아닐까요? 그러니 기표도 그리 세지 않은 아이일지 몰라요. 센 척을 해야 살아갈 수 있는……. 이 작품에서 기표의 '정당하지 않은 폭력'에 맞서는 '정당한 폭력' 또는 '정당화된 폭력'은 기표의 센 척을 밝히고 벗겨 내는 과정과도 맞물려 있습니다.

별로 세지 않는 사람들이 센 척을 할 수 있는 힘은 어디서 올까요? 바로 집단에서 옵니다. 기표와 재수파라고 불리는 친구들도 함께 몰려다니면서 센 척을 하는 것일지도 모릅니다. 그렇다면 기표의 센 척을 밝히고 벗겨 내려는 쪽은 기표와 친구들을 떨어뜨리려고 애쓰겠네요.

'린치'라는 낱말 하나를 살펴보면서 우리는 꽤나 많은 질문을 던질 수 있었어요. 정당한 폭력과 정당하지 않은 폭력의 문제, 기표의 행동과 센 척의 문제, 개인과 집단의 문제.

작품을 읽으면서 이러한 문제에 대해 좀 더 생각해 보세요. 그리고 작품 속 세상뿐 아니라 우리가 매일 만나는 학교 속에서 일어나는 폭력도 함께 생각해 보면 좋겠습니다.

담임은 왜 '일사불란한 항해'를 중요시하나요?

> "이제부터 66명이 운명을 함께하는 역사적 출항을 선언한다. 목적지에 이를 때까지 단 한 사람의 낙오자나 이탈자가 없기를 진심으로 기원한다. 아울러 이 시간 분명히 밝혀 둘 것은 우리들의 항해를 방해하는 자, 배의 순탄한 진로를 헛갈리게 하는 놈은 용서하지 않을 것이다. 우리가 나무를 전정할 때 역행 가지를 잘라 버려야 하듯 여러분의 항해에 역행하는 놈은 여러분 스스로가 엄단할 수 있어야 한다. 더 중요한 것은 1년간의 일사불란한 항해를 위해서는 서로 사랑과 신뢰로써 반을 하나로 결속하는 슬기를 보이는 일이다."

학급을 '배'로, 담임을 '선장'으로 비유하는 일은 낯설지 않아요. 톰 슐만이 지은 《죽은 시인의 사회》에서, 키팅 선생은 월트 휘트먼이 링컨을 찬양하여 쓴 시의 앞부분을 인용하며 학생들에게 자신을 "오 선장님, 우리 선장님!"이라고 불러 달라고 해요. 이 장면은 꽤나 감동적으로 다가옵니다.

하지만 이 소설에서 담임 선생의 비유는 유대 귀에 거슬리게 들리지요. 그래서 유대는 선생님에게 시비를 겁니다.

"선생님, 우리가 탄 배의 선장은 누굽니까?"

내가 불쑥 일어나서 말했다. 선장은 도대체 누구란 말인가. 자율이라는 낱말로 우리를 묶으면서도 실상 우리들 머리 위에 군왕처럼 군림하고 싶은 그의 저의를 찔러 주고 싶었던 것이다.

'바다, 항해, 선장'이 주는 이미지는 다양해요. 대표적으로 '바다'는 넓은 세상, '항해'는 그 세상에서 살아가는 것, '선장'은 풍랑(어려움)을 헤쳐 나갈 수 있도록 방향을 잡아 주고 상황 판단을 하는 존재이지요. 바다는 실제로 대단히 위험해서요. 혹시라도 바다에서 배가 위기 상황에 처했을 때 그것을 극복하려면 선장이 절대적인 권위를 가진 편이 유리하겠지요. 그래서 담임 선생의 진심은 '일사

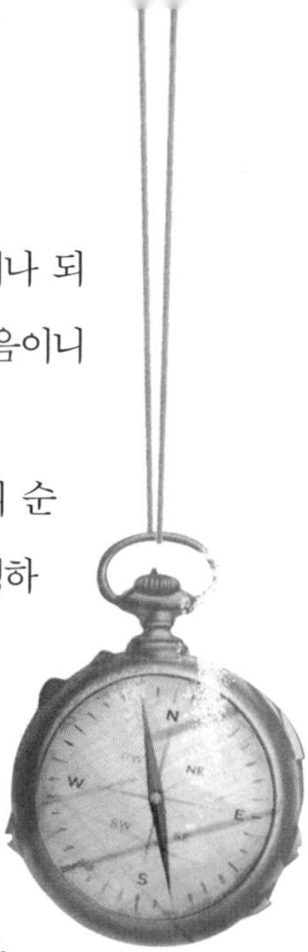

불란한 항해'라는 말에 나타나 보입니다. 학생이 66명이나 되는 학급을 효율적으로 통솔하고 싶은 것이 담임의 마음이니까요.

이러한 담임에게 장애물은 '항해를 방해하는 자, 배의 순탄한 진로를 헷갈리게 하는 자, 역행 가지, 항해를 역행하는 놈'입니다. 말 안 듣고, 지시대로 안 하고, 개인행동을 하거나 반항하는 놈은 용서하지 않겠다고 합니다. 그럼에도 불구하고 유대는 '자율'이라는 말로 속셈을 숨기고 있는 것을 꼬집고 싶어 하다가 말주변이 보통이 아닌 담임 선생에게 역으로 공격을 당하여 급기야 기표에게 '메스꺼움'을 느끼게 하는 지경에 이르게 됩니다.

기표는 왜 담임 선생이 준 추리닝을 찢어 버렸나요?

담임 선생이 교실을 나가기가 무섭게 기표가 주머니에서 칼을 꺼내 그 추리닝을 찢기 시작했다. 너덜너덜 조각난 추리닝을 쓰레기통 쪽으로 던졌다. 다른 한 아이가 기표처럼 그렇게 추리닝을 찢었다. 기표가 반의 총무를 맡고 있는 정수라는 애한테 다가갔다.

"야, 네 추리닝 나 줄 수 없냐?"

기표의 살벌한 얼굴이 생생하게 그려지는 장면입니다. 기표는 왜 추리닝을 찢었을까요?

'추리닝'은 보통 운동을 할 때 입는 옷이에요. 학교에서는 체육 시간에 입는 '체육복'이겠지요. 하지만 여기서는 운동을 하기 위해 입는 옷의 기능보다는 단체 활동을 하기 위한 용도가 우선입니다. 단체 활동이란 바로 매스게임이지요.

기표가 추리닝을 찢어 버린 것은 단체 활동에 대한 반감 때문이 아닐까요? 기표 자신도 재수파라는 조직을 이끌고 있는데, 단체 활동을 싫어한다는 게 이해가 안 된다고요? 하지만 재수파는 자기가 주체가 되어서 스스로 만든 조직이에요. 그런데 매스게임은 자기 의사와 상관없이 억지로 동원되어야 하는 단체 활동이라는 점이 다릅니다.

강압적이고 획일적인 단체 활동에 거부감을 느끼던 차에 비굴하게 옷까지 빌려 입어야 하는 처지가 되니 더욱 화가 치밀었겠지요. 그래서 기표는 담임 선생이 준 추리닝을 찢어 버린 거랍니다.

결국 기표는 일사불란한 행동을 강요하는 제도가 싫었던 거지요. 다만 그걸 거부하는 방식이 거칠고 폭력적이다 보니 다른 친구들에게 공포감을 주고 미움의 대상이 되는 겁니다.

형우는 왜 커닝 사건을 일으켰나요?

> 우리들은 형우의 말을 믿었다. 자기가 모든 것을 책임지겠다고 하는 얘기도 그의 진심으로 받아들였다. 4월 중순께 기표가 3학년 형을 구타한 일로 벌을 받게 됐을 때 학급 전원이 서명해서 기표를 구하기 위해 일사불란하게 움직였던 것처럼 우리는 형우의 지시에 따라 세심한 계획을 짜고 시험 날을 기다렸던 것이다. 무슨 과목은 누가 어떤 방법으로 도와준다는 등 그들이 또다시 유급하지 않을 정도의 점수를 올리기 위해 우리들은 빈틈없이 준비했다. 남을 위해서 일한다는 것이 마음에 이다지 큰 기꺼움을 준다는 것도 비로소 알게 되었다.

이 소설에서 형우 주도로 커닝을 시도한 사건은 매우 중요해요. 그 사건 이후로 기표가 점점 힘을 잃고 일그러져 가기 때문이지요. 형우는 왜 기표와 재수파를 돕자는 커닝 사건을 모의했을까요? 진정으로 기표를 돕고 싶어서였을까요?

이문열의 소설 〈우리들의 일그러진 영웅〉에서도 커닝이 주인공의 상황을 바꿔 놓는 결정적인 계기가 돼요. 이 소설의 주인공인 엄석대가 공부 잘하는 아이들을 끌어들여 자기 시험지와 바꿔치기하는 수

법으로 전교 1등을 하게 되는데, 새로 온 담임 선생이 이를 수상하게 여기지요. 결국 담임 선생이 엄석대의 부정을 바로잡으면서 엄석대는 권력을 잃어버리고 학교를 떠나게 됩니다.

〈우상의 눈물〉과 비교해 보면, 커닝이라는 사건이 권력을 가진 인물의 상황을 바꿔 놓았다는 공통점이 있네요. 그러나 엄석대는 자신이 가진 힘으로 커닝이라는 부정을 저지르면서, 최기표는 반 아이들의 호의에서 비롯된 커닝 제안을 거부하고 이를 제안했던 형우에게 폭력을 휘두르면서 그들이 누리던 '권력'을 잃고 맙니다. 어찌 되었든, 두 소설에서 '커닝'은 권력관계의 변화를 이끄는 중요한 사건이라 할 수 있겠네요.

여기서 생각해 봐야 할 것은 〈우리들의 일그러진 영웅〉과는 다르게 〈우상의 눈물〉에서는 커닝을 모의하고 실행하는 과정에서 최기표라는 권력이 동정의 대상이 된다는 점이에요. '우리가 도와주어야 유급을 면할 수 있는 친구'인 것이지요. 그래서 기꺼운 마음으로 커닝을 계획하고 시험 날을 기다릴 수 있었을 겁니다. 그러나 아이들의 생각과는 다르게 기표는 커닝을 거부하죠. 기표의 입장이라면 누구라도 그랬을 것 같아요. 아무도 함부로 할 수 없는 자리에 있는 사람에게 누군가가 도움이나 동정의 손길을 내민다면, 그건 엄청 자존심 상하는 일일 테니까요.

기표는 자신의 권력에 흠집이 나는 것을 막기 위해서 커닝을 주도한 형우를 가만둘 수 없었겠죠. 그래서 형우에게 무서운 린치를 가합니다. '나 최기표야. 너희가 두려워하고 설설 기어야 하는 최기표라고.' 하는 경고를 담아서요. 하지만 형우가 짠 '세심한 계획'은 커닝만이 아니었던 것 같아요. 기표는 결국, 도와주어야 할 불쌍한 아이가 되고 마니까요.

이쯤 되니 일사불란한 항해를 외쳤던 담임 선생의 모습과 형우의 모습이 좀 겹쳐 보이는 것 같기도 하네요. 그렇다면 '커닝 사건'은 일사불란한 항해를 방해하는 걸림돌을 치워 내기 위한 '세심한 계획'의 출발이라 할 수 있지 않을까요? 물론 기표가 커닝을 했다면 다른 계획에 따라 움직였겠죠.

형우의 커닝 사건이 이상한 것은 감독 교사의 반응에서도 나타나요. 학생들이 집단 커닝을 하다가 발각되었는데도 교사가 오히려 칭찬을 하고 덮어주는 것은 이미 그 교사도 형우를 중심으로 한 사건의 배후나 분위기를 알고 있기 때문인지도 모릅니다. 보이지 않는 힘의 관계를 느끼고는 거기에 끼어들고 싶지 않아서 한 발 물러선 거라고도 볼 수 있죠. 결국 이 장면도 시험과 커닝이 학생과 교사 혹은 학생과 학생 사이의 권력관계를 좌우하는 중요한 사건임을 보여 주는 대목입니다.

담임은 왜 기표의 가출에 화를 낼까요?

담임 선생은 기표 어머니를 내쫓듯 교무실에서 밀고 나갔다. 그네는 교무실을 나가며 자꾸 아쉬운 듯 우리들 얼굴을 돌아다보았다. 그네를 배웅하고 돌아온 담임이 의자에 소리 나게 주저앉으며 부들부들 떨리는 손으로 담배를 피워 물었다.

"이 망할 새끼가 끝까지 말썽이란 말이야."

그는 담배 연기를 깊이 빨아들였다가 내뿜으며 투덜거렸다.

"내일 천일영화사 사람들하고 만나기로 약속한 날이잖냐? 그런데 이 망할 새끼가……."

담임은 학급 경영에 참 열심이에요. 학기 초 가정 방문에서 유대와 학급의 반장이 누가 되어야 학급이 잘 운영될지 논의하기도 하고, 지난해 문제 학생이었던 기표가 학급에 잘 적응하기 위해서는 어떻게 학급을 운영해야 할지도 걱정합니다. 그러나 담임이 아무리 학급 운영에 관심이 많다고 해도 반장을 속으로 내정해 놓고 의사를 떠보는 것이 옳은 일일까요?

무엇보다 담임이 기표를 유대 엄마에게 설명할 때 "왜, 한눈에 이건 범죄형이다, 그렇게 보여지는 얼굴이 있지 않습니까. 걔가 바로 그런 전형적인 범죄형이지요. 음침하고 포악스럽고……."라고 하는 것이나, 기표를 부반장에 임명하려는 의도를 간파당하자 "여러 사람에게 해가 되는 그런 힘은 아예 빼어 버리는 게 좋은 거다."라고 한 말을 보면 담임이 진심으로 학급 아이들이나 기표를 걱정하지 않았을지도 모른다는 의심이 들기 시작합니다.

그런데 담임은 학급의 모든 학생이 매스게임용 추리닝을 입을 수 있도록 하기 위해 가난한 기표와 그 친구를 위해 추리닝을 대신 구입해 주기도 해요. 담임이 그렇게 한 것은 자라나는 학생들이 자신의 가난이 드러나 부끄러울까 봐 그 마음을 헤아려서가 아니라 매스게임과 같이 대외적으로 공개되는 자리에서 자신의 학급이 완벽하고 일사불란해 보이고 싶었기 때문일 거예요. 열성적인 학급 운영으로 학급 학생들 개개인이 행복하기를 바랐던 것이 아니라 자신이 능력 있는 훌륭한 담임으로 빛나 보이고 싶었던 것이라 할 수 있지요.

담임의 일사불란함이나 영웅 심리는 이 정도에서 그치지 않아요. 기표 일파가 유급하지 않도록 형우를 앞세워 우수한 성적을 가진 학생들이 부정행위를 통해 그들을 돕도록 합니다. 담임은 왜 이렇게까지 기표 일파를 도와 진급시키고 싶었을까요? 기표가 낙제하지 않아야 고등학교 졸업장을 따고 사회에 나가서 직장을 가질 수 있다고 걱정했던 것일까요? 담임은 그렇게까지 선한 사람도 아닐뿐더러 수단 방법을 가리지 않고서라도 '66명 중 단 한 명의 낙오자도 없어야 한다'는 1년 학급 운영의 목표를 달성하고자 하는 사람입니다. 담임은 진심으로 기표를 구제하고 싶었을까요, 아니면 기표를 통해 자기가 빛나고 싶었을까요? 이쯤 되면 여러분도 담임이라는 인물의 성격과 담임이 기표를 돕는 의도를 간파할 수 있겠죠?

커닝 사건에 비위가 틀린 기표와 그 일파는 형우를 집단 구타하고 그 일과 관련해 기표 일파가 해체되면서 담임과 형우에 의해 기표의 가난이 공개되고 말아요. 기표는 병든 아버지와 극도의 가난에도 묵묵히 학교를 다닌 성실한 학생으로, 기표 일파는 기표를 돕기 위해

헌혈까지 한 의리 있는 학생들로 미화되지요. 그리고 담임을 필두로 하여 학급 아이들은 기표네를 위해 모금을 하고 이러한 미담이 언론을 통해 주목을 받고, 담임이 맡은 학급의 선행이 영화로 만들어지려고 하지요. 그러자 기표가 가출을 합니다. 더 이상 기표는 담임이 만들어 놓은 동정 받는 삶을 사는 '부끄러움을 잘 타는 아이'의 이미지로 살고 싶지 않았던 거예요. 담임은 자신의 열성과 선의가 보답을 받고 주목을 받으려는 순간 '다 된 밥에 재를 뿌린' 기표에게 매우 화가 납니다.

담임의 열성과 선의가 진심에서 나온 것인지, 아니면 누가 봐도 구제 불능 범죄형 인간을 자신만이 교화하고 구제할 수 있다는 영웅 심리에서 나온 것인지, 그 답은 가출한 기표를 걱정하는 기표 어머니를 대하는 담임의 태도나 담임이 기표의 가출에 화를 내며 하는 말에서 알 수 있을 것 같네요.

담임은 가출한 아들을 걱정하는 어머니의 마음도, 거처 없이 거리를 떠돌고 있을 기표의 상황도 돌아볼 줄 모르는 차가운 사람이에요. 기표의 처지와 상황을 이용해 자신의 선행과 업적을 과시하여 돋보이고 싶어 하는 바람직하지 못한 리더에 불과하지요.

2

유대 - 무기력한 이성

유대는 왜 린치당한 걸 어른들에게 말하지 않았나요?

> 엄마는 교육에 관심이 많았다. 학교에서 일어나는 모든 걸 알고 싶어 안달했다. 일주일에 두 번씩 담임 선생한테 전화를 걸곤 했다. 그러나 엄마는 가장 가까운 데 있는 내 허벅지의 담뱃불 자국을 알지 못하고 있다. 최기표의 이름을 알고 있으면서도 최기표가 어떤 아이인지를 진정 모르는 어른들에 대해서 내 상처를 내보이는 것은 무의미한 일이었다.

유대는 기표의 비위를 건드려 린치를 당해요. 그것은 유대에게 무섭고 아픈 기억으로 남았을 거예요. 하지만 유대는 그 상처를 기표와 같은 반이라면 겪어야 할 운명이라고도 생각하지요. 반 아이들과 형우는 기표에게 이미 당한 유대를 선망의 시선으로 바라보고, 유대는 이미 겪었다는 '우월감' 같은 '오만감'을 갖게 됩니다.

그런데 유대 곁에 있는 어른은 어떤 모습인가요?

엄마는 유대에게 일어나는 모든 일에 대해 알고 싶어 해요. 일주일에 두 번씩 담임 선생에게 전화를 걸고, 아이의 공부를 위해 그룹 과외도 지어 주고, 유대가 반장이 되었으면 하는 욕심을 양보하기도 하지요. 자식이 행복하기를 바라고 잘 살기를 바라기 때문에 하는 행동

일 겁니다. 하지만 유대의 눈에 비친 엄마는, 기표의 이름은 알고 있으면서 기표가 어떤 아이인지는 관심이 없고, 가장 가까이 있지만 자신의 '허벅지에 있는 담뱃불 자국을 알지 못하는' 어른입니다. 유대가 어떤 처지에 있는지는 알지 못하고, 자식이 공부 잘하는 아이와 어울리고 남들보다 뛰어나기를 바라는 어른일 뿐이죠. 자신의 속마음을 진심으로 알아주는 어른의 모습은 아니라고 할 수 있어요.

담임 선생의 모습도 한번 볼까요?

담임 선생은 가정 방문을 통해 아이들에 대한 정보를 얻어 내고, 겉으로는 '자율'을 강조하지만 누구를 반장, 부반장으로 세워야 학급이 일사불란하게 돌아갈지 계획하고 준비해요. 더구나 유대에게는 반에서 일어나는 일을 알려 달라는 부탁까지 하고요.

담임은 학생들 한 명 한 명이 올바르게 자라도록 도와주는 게 아니라 아무 문제 없이 1년을 보내는 게 목표예요. 그렇기 때문에 유대는 선생님에 대해서 이렇게 평가하지요.

슬픈 일이지만 우리들은 언제부터인가 교사들을 한낱 껄끄러운 존재로 여길 뿐 …… 교사들도 우리를 사랑으로 가르치지 않았다.

유대는 자신의 상처를 단순한 폭행으로만 생각하지 않아요. 하지만 유대는 자신들의 세계에서 일어나는 은밀한 사건에 대해 관심과 이해가 없는 어른들은 폭력 자체에만 관심을 가질 거라고 생각해요. 또 그런 어른들에게 자기 허벅지의 상처를 보이는 것은 자신의 상처를 격하시키는 일이라고 생각합니다. 즉, 진심으로 아이들의 세계를 이해하려 하지 않는 어른들에 대한 불신의 표현인 것입니다.

유대는 왜 형우의 혀가 놀랍다고 했을까요?

그런데 놀라운 일은 형우의 혀였다. 나한테 얘기를 들려줄 때의 그런 적대감은 씻은 듯 감추고 오직 우의와 신뢰 가득한 말로써 우리의 친구 기표를 미화하는 일에 열을 올렸던 것이다.

옛날 당나라 현종 시기에 이임보라는 간신이 있었어요. 그는 임금의 총애를 받는 후궁에게 환심을 사 재상 자리까지 올라가게 되었지요. 그는 황제의 비위를 맞추면서 충신들의 바른말이나 백성들의 탄원이 황제의 귀에 들어가지 못하도록 하고, 환관과 후궁을 꾀어 조정을 자신의 마음대로 주물렀어요. 그리고 자기보다 뛰어난 사람을 보면 자신의 자리를 위태롭게 여겨 그 대상을 제거하기도 했지요. 그런데 그는 대상을 제거할 때 절대로 자신의 권위와 힘을 이용하지 않았어요. 오히려 황제 앞에서 상대를 한껏 추켜세워서 높은 자리에 오르게 했다가 음모를 꾸며 떨어뜨리는 방법을 썼답니다. 그래서 사람들은 "이임보는 입으로는 달콤한 말을 하지만 뱃속에는 칼을 가지고 있는 사람"이라고 말했어요. 바로 여기서 '구밀복검(口蜜腹劍)'이라는 말이 유래되었지요.

이처럼 '구밀복검'이라는 말은 사람의 이중적 속성을 잘 드러내는 사자성어예요. 겉으로는 착한 척 좋은 척 하지만 마음속으로는 정반대의 마음을 품고 있다는 말이니까요. 유대가 만약 위의 일화를 읽었다면, 금세 형우를 떠올렸을 거예요. 왜냐하면, 유대는 형우의 말 속에서 '이중성'을 느꼈기 때문이지요.

형우는 어느 날 반 아이들한테 기표의 집안 사정이 어려우니 우리가 마땅히 도와줘야 한다고 말해요. 그리고 재수파가 기표를 도와주기 위해 피를 팔기까지 했으니 대단한 우정의 소유자라고 말합니다. 그런데 형우는 유대 앞에서 한 번도 기표를 가엾거나 불쌍한 친구라고 말한 적이 없었어요. 오히려 "그 새끼는 악마다."라고 하며 강한 적대감을 표현하기까지 했지요. 그리고 형우가 재수파에게 당하고 난 후 유대에게 "이제 아무도 기표를 무서워하지 않게 될 거다."라고 말했어요. 결국 형우가 원했던 것은 기표의 힘을 무너뜨려 기표가 다른 아이들한테 더 이상 무서운 존재가 되지 않는 것이었어요. 그럼에도 불구하고 형우가 반 아이들 앞에서는 기표를 진심으로 위하는 척 말하는 것을 보고, 유대는 형우의 본심과 말이 어떻게 그토록 다를 수 있는지 매우 놀라웠을 것입니다.

그런데 또 한편으로 유대는 형우의 '말'이 갖고 있는 강력한 힘에 대해서 더 놀랐을지 몰라요. 형우는 그동안 드러나지 않았던 기표의 가난한 집안 사정을 아이들 앞에서 공개합니다. 남의 사생활을 낱낱이 공개하는 것은 엄연히 인권 침해 아닌가요? 그런데도 아이들은 형우의 행동을 나쁘게 받아들이지 않아요. 마치 형우는 기표의 구원자인 양, 가난한 친구를 그냥 내버려두지 못하는 정의로운 사람인 듯 비춰집니다. 그래서 아이들은 감동하고 기표를 적극적으로 도우려고 하지요. 그리고 그 이후 아이들은 기표를 '무서운 아이'가 아니라 '불쌍한 아이'로 여기게 돼요. 이렇게 순식간에 기표를 '불쌍한 아이'로 생각하게 만들고 도움을 주어야 하는 친구로 여기게 한 형우의 '말'은, '언어'가 얼마나 강력한 힘을 갖고 있는지를 잘 느끼게 해 줍니다.

그러므로 유대가 말한 '놀라운 혀'는 현실에서 나타나는 '말'의 강력한 힘에 대한 놀라움일 수도 있겠지요.

'범의 입보다 사람의 입이 무섭다.'라는 속담이 있어요. 범의 입은 한 사람을 해치는 데 그치지만, 사람의 입에서 나오는 말은 한 번에 수백 명이라도 죽일 수 있기 때문에 더 무섭다는 뜻입니다. 이처럼 때로는 '말'이 눈에 보이는 폭력보다 더 큰 폭력이 될 수 있어요. 기표의 이미지가 한순간에 '동정 받아 마땅한 벌레'로 추락하여 기표의 삶 전체를 뒤흔드는 것처럼 말이지요.

게다가 말은 상대의 속마음을 꿰뚫어 보지 않는 이상 그 진실성을 확인하기가 매우 어렵기 때문에 우리는 말에 의해 지배당하기 쉬워요. '구밀복검'의 일화에서 이임보가 조정을 마음대로 주무를 수 있었던 것도, 형우가 반 아이들을 자기 뜻대로 움직이게 할 수 있었던 것도 이런 '언어'의 특성 때문이지요.

<우리를 슬프게 하는 것들>은 어떤 글인가요?

> "형, 우리 미술 시간에 라면 먹으러 갈까?"
>
> 내가 말을 건넸다. 우리들은 가끔 후동 교사 뒷담을 넘어 구멍가게에서 라면을 사 먹은 다음 감쪽같이 들어오곤 했다. 재수파들이 그 전문이었던 것이다.
>
> "필요 없어."
>
> 기표가 쳐다보지도 않은 채 퉁명스럽게 뱉었다. 그는 국어책을 읽고 있었다. 안톤 슈나크의 〈우리를 슬프게 하는 것들〉. 울음 우는 아이는 우리를 슬프게 한다.

형우에게 린치를 가하고 나서 사흘간 결석했던 기표. 형우는 아이들 사이에서 영웅이 되었고, 다시 학교에 나온 기표는 표정이 좋지 않아요. 우울하기 그지없는 기표의 심정을 대변하는 글이 국어책에 나오는 안톤 슈나크의 〈우리를 슬프게 하는 것들〉이네요.

지금은 교과서에 이 글이 실려 있지 않지만, 1980년대 이전 고등학교 1학년 국어 교과서에 실려 있었어요. 2002년부터 2010년까지도 국어 교과서에 실렸었고요. 이 글의 시작은 다음과 같습니다.

울고 있는 아이의 모습은 우리를 슬프게 한다.
정원의 한 모퉁이에서 발견된 작은 새의 시체 위에
초가을의 따사로운 햇빛이 떨어져 있을 때
대체로 가을은 우리를 슬프게 한다.

이 글은 우리가 살아가면서 느끼는 슬픔의 순간들을 매우 감각적이고 서정적으로 노래하고 있어요. 한 출판사에서 나온 안톤 슈나크의 수필집에서는 이 글을 다음과 같이 소개하고 있습니다.

〈우리를 슬프게 하는 것들〉은 누구나 살아가면서 느낄 수 있는 작은 슬픔의 편린들, 그리고 삶의 허무감에서 피어오르는 우수를 서정시와 같은 느낌의 언어로 노래하고 있다. 가난한 노파의 눈물, 바이올렛색과 검

정색, 그리고 회색의 빛깔들, 둔하게 울려 오는 종소리, 바이올린의 G현, 가을밭에서 보이는 연기, 자동차에 앉아 있는 출세한 부녀자의 좁은 어깨, 지붕 위로 떨어지는 빗소리, 휴가의 마지막 날, 사무실에서 때 묻은 서류를 뒤적이는 처녀의 가느다란 손……. 안톤 슈낙은 이러한 소재들을 회상하며 가시적인 장면 묘사에 그치지를 않고, 향기와 음향, 감촉에 이르기까지 모든 감각을 동원하여 치밀하고 섬세하게 그려 내는 문체로, 마침내 환상의 경지에까지 승화시키고 있다.

얼마나 아름다운 글일지 대충 짐작이 가죠? 이 글이 얼마나 아름다웠던지 원로 언론인 한 분은 이 글이 1981년 제4차 국어 교과서 개편 때부터 교과서에서 사라진 사실을 두고 다음과 같이 말하기도 했어요.

교과서에서 명문(名文)의 시대는 1970년대로 끝났다. 이리하여 국어의 황량한 풍경은 개막됐다. 이제 국어 교과서의 문장들은 아무런 감동도, 감명도, 감흥도 주지 않는다. 혈색마저 잃은 빈혈의 범문(凡文)만이 행세하고 있다. 명문을 읽지 못하는데 명문이 나올 리가 없다.

〈우상의 눈물〉에서 인용한 '울음 우는 아이들은 우리를 슬프게 한다'는 말은 이 소설의 주인공인 기표의 운명을 압축한 말이기도 하면서 이 소설의 배경이 되는 1970년대의 암울한 상황 또는 이 소설을 읽은 독자들의 심정을 대신 말해 주는 표현이기도 합니다. 우리의 우상인 기표의 몰락은 이렇게 슬픔을 향해 치달아 갑니다.

유대는 왜 형우보다 기표에게 마음이 기울었을까요?

유대는 기표에게 린치까지 당했는데도 왜 기표에게 우호적인 마음을 가지고 있는지 이해하기가 어려워요. 다음 구절이 하나의 실마리가 될 수 있을 것 같습니다.

> 기표가 학교의 지시 사항을 전달하기 위해 교단 위에 서서 아이들한테 애원하는 광경은 생각만 해도 불쾌했다. 누가 사자를 울 속에 넣어 길들이는 발상을 처음 했는가. 나는 내 허벅지의 상처를 결코 격하시키고 싶지 않았다.

위 내용을 바탕으로 유대의 마음을 헤아려 보면 몇 가지 해석이 가능합니다. 어떤 해석이 더 타당하고 일리가 있는지는 여러분이 판단해 보세요.

첫째, 유대는 기표와 마찬가지로 일사불란한 현실에 대해 불만이 많고 비판적인 의식이 강하기 때문이에요. 기표가 현실에 대한 비판 의식을 가졌다고 보기는 힘들지만, 적어도 억압적이고 획일적인 사고나 행동을 싫어한 것은 틀림없어요. 그래서 추리닝도 찢고 매스게임을 거부하는 것이지요. 그런 점이 어른들의 허위와 위선을 싫어하는 유대의 마음을 끈 것이 아닐까요?

둘째, 유대는 기표가 순수한 아이라고 생각하기 때문이에요. 폭력을 일삼은 기표가 순수하다고요? 네. 순수합니다. 여기서 순수하다는 말은 머리를 굴리지 않는다는 말이에요. 기표는 잔머리를 굴리지 않고 자기 본능과 감정에 충실합니다. 그래서 '순수한 악마'라고 하지요. 형우는 교활한 천사, 기표는 순수한 악마. 유대는 머리를 굴리는 담임이나 형우보다 폭력적이지만 순수한 기표가 더 낫다고 생각합니다.

마지막은 작가의 의도와 관련이 있어요. 작가가 유대마저 기표를 싫어하고 형우와 같은 편이 되도록 했다면 어땠을까요? 아마 기표는 일찌감치 떨어져 나가고 소설은 긴장과 흥미를 잃었겠지요. 형우와 기표 사이의 대립과 갈등을 심화하고 결론을 극적으로 맺기 위해서는 유대의 역할이 필수적이에요. 그래서 작가는 유대가 기표를 심리적으로 따르게 한 것일 수도 있어요.

3

기표 – 길들여진 우상

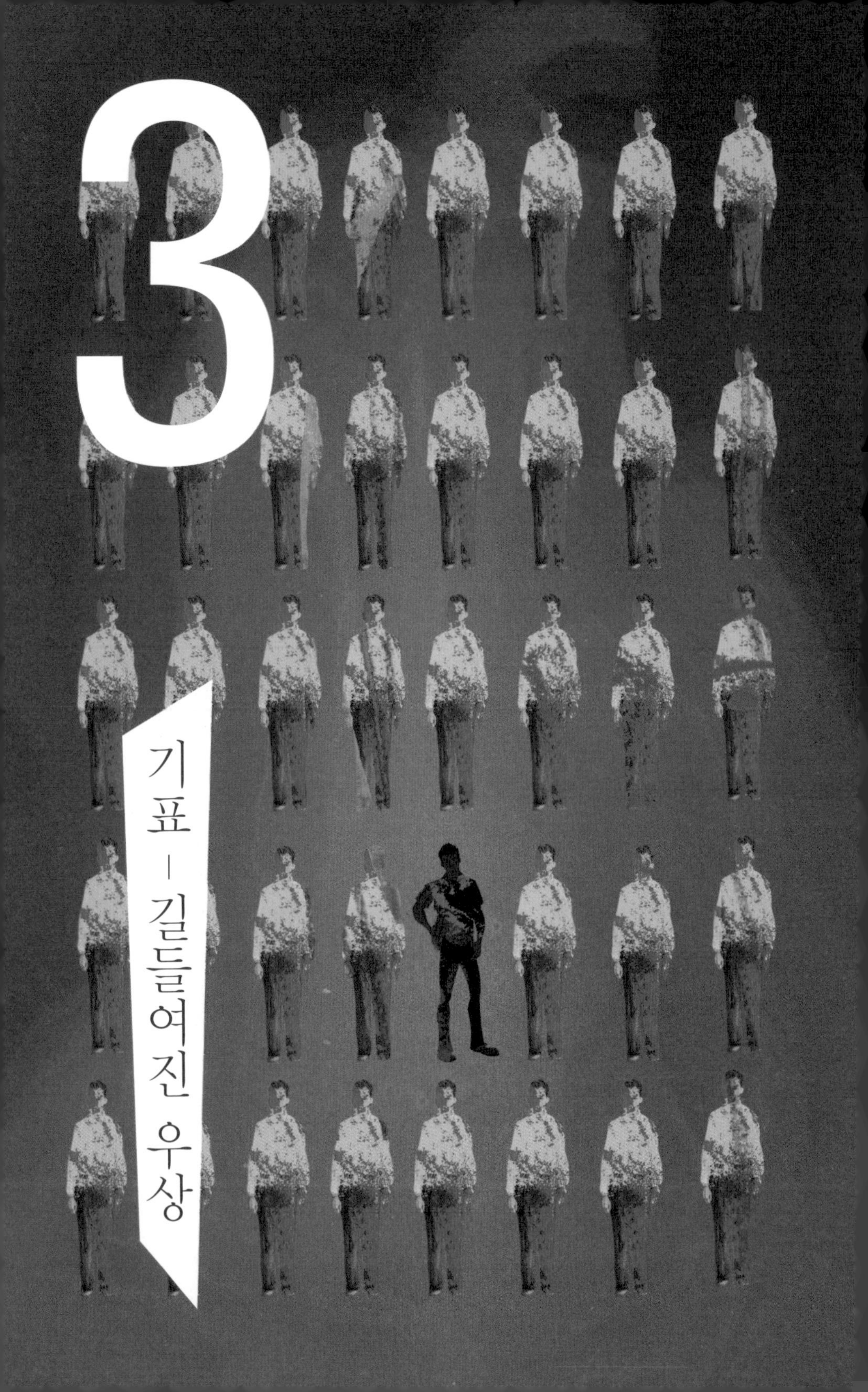

<제3교실>은 어떤 드라마인가요?

"기표 얘기가 영화로 된다며?"

"그렇대. 재수파들을 중심으로 한 얘긴데 TV에 나오는 〈제3교실〉 같은 거겠지."

어디서 나온 얘긴지 기표의 얘기가 영화로 만들어진다는 소문이 파다했다.

〈제3교실〉이라는 드라마는 1975년 여름부터 1980년까지 방영되었던 청소년 드라마예요. 학교와 가정 모두에 적응하지 못하는 소위 문제 학생들의 이야기를 다룬 드라마였지요. 기표와 재수파의 이야기를 이런 종류의 영화로 만든다면, 기표와 재수파가 문제 학생들로 등장하겠네요.

영화에는 기표와 재수파의 악행이 그려질 것이고, 담임 선생과 형우가 이에 맞서는 방식이 담기겠지요. 그리고 결국에는 기표와 재수파가 굴복하고 그들의 미담이 보태질 겁니다. 사실 이것은 청소년 드라마를 포함한 대개의 대중문화에서 보이는 문법이라 할 수 있어요. 악이 패배하고 정의가 승리하는 방식이지요.

하지만 우리가 살아가는 세상이 그렇게 단순하지만은 않아요. 세상에는 명백한 악당도, 완벽하게 정의로운 영웅도 존재하지 않지요. 기표가 한 행동이 잘못되지 않았다는 뜻이 아니에요. 기표의 행동이 반드시 교정되어야 한다는 형우나 담임 선생의 생각 또한 기표의 생각과 행동 못지않게 폭력적일 수 있다는 것이지요. 세상의 문제들이

그렇게 쉽게 해결된다는 것 또한 사실과 달라요. 우리는 계속 문제를 안고 살아가기도 하고, 예전에 문제라고 생각했던 것들이 지금은 별반 큰 문제가 아니라는 것을 깨닫게 되기도 하고, 예전에는 아무것도 아니라고 생각했던 것들이 새롭게 문제로 다가오기도 합니다. 잘못된 대중문화는 그런 삶의 진실을 감춘다는 점에서 우리에게 해를 끼칩니다. 물론 모든 청소년 드라마나 영화가 그런 것은 아니에요. 〈제3교실〉이 그런 드라마라는 뜻도 아니고요. 다만 〈우상의 눈물〉이라는 작품 속에서 기표 이야기가 영화로 만들어진다는 것이 그런 문제를 안고 있다는 것입니다.

〈제3교실〉은 1980년 7월 30일에 발표된 이른바 '7·30 교육개혁조치' 때문에 종영이 되었어요. 이 조치로 과외나 학원 수강뿐 아니라 학교의 보충 수업도 금지되었지요. 이처럼 학교의 모습이 크게 달라지면서 드라마 속 학교가 실제 학교의 모습을 반영하지 못해 종영된 것이랍니다.

기표는 무엇이 무서웠을까요?

편지 맨 앞줄에 이렇게 씌어 있었다.

'무섭다. 나는 무서워서 살 수가 없다.'

기표가 도망간 이유

기표의 무서움을 잘 읽어 내려면 먼저 기표가 떠난 시점을 확인해 봐야 해요. 기표는 영화사 사람들과 만나기로 약속한 전날 '무섭다'는 내용의 편지를 남겨 놓고 떠났죠. 그동안은 '수줍은 아이'가 되어 학급에서 '어색한 미소'를 지으며 그럭저럭 버텨 왔지만, 자신의 이야기가 영화로 만들어진다는 생각을 하자 더 이상 참을 수 없는 '무서움'을 느끼게 돼요. 왜냐하면, 기표는 '잠시' 수줍은 아이로 사는 게 아니라 '계속' 부끄러움을 잘 타는 아이가 되어 버리고 말지도 모른다고 느꼈기 때문일 거예요. 자긴의 이야기가 영화로 만들어지는 순간, 기표는 영화에서 그려질 이미지대로 살 수밖에 없으니까요. 누구나 기표가 그런 아이일 거라고 기대하게 될 테니까요. 기표는 계속 '수줍은 아이'로 살고 싶지 않아서 떠났을 거예요. 사자가 자신의 본성을 숨기고 평생 온순한 토끼로 살 수는 없으니까요.

무서움의 실체

기표가 떠난 시점을 확인하니, 이제 기표가 무서워한 것이 무엇인지 조금 짐작이 되나요? 기표를 길들이려는 형우나 담임과 같은 힘 있는 사람들, 학급이라는 기표가 현재 속해 있는 집단, 더 나아가 이제는 더 이상 '이전의 기표'로 살아갈 수 없게 만들지도 모를 신문이나 영화와 같은 대중 매체가 모두 무서웠던 거예요. 형우와 담임, 급우들은 몇 개월만 더 버텨 다음 해가 되어 헤어지면 그만이지만, 언론에서 자기를 '미담 사례'로 보도해 버리면 자신의 색깔을 완전히 잃고 살아가야 할지도 모르니 더 무서웠겠죠. 그렇지만 언론에 기표의 사연을 소개하는 계기를 만든 것은 형우와 담임이니, 기표에게는 형우와 담임이 더 무서운 존재일 수도 있어요.

유대의 무서움과 기표의 무서움

'그럼 담임과 형우는 기표가 계속 폭력을 휘두르도록 내버려두었어야 했을까?'라고 생각할 수도 있을 것 같아요. 아니면 '담임과 형우가 기표를 착하게 살게 도와준 게 아닐까?'라고 생각할 수도 있어요.

이 소설은 기표의 폭력성을 옹호하거나 긍정하는 소설이 아니에요. '학교 강당 뒤편 으슥한 곳에 끌려가 머리에 털 나고 처음인 그런 무서운 린치를 당했다.'라는 유대의 말에서 알 수 있듯이 기표의 폭력성도 다른 사람을 공포로 몰아넣는 옳지 못한 것임을 소설은 처음부터 보여 주고 있어요. 이처럼 기표의 폭력이 옳지 못하다는 것은 누구나 알고 있는데, 담임과 형우처럼 권력을 지닌 사람이 휘두르는 폭력이나 언론이 휘두르는 폭력은 사람들이 잘 깨닫지 못해요. 즉, 이 소설은 타인을 이유 없이 폭행할 수 있는 기표를 옹호하는 소설이 아니라 기표를 자신들의 입맛에 맞게 길들이려 하는 담임과 형우, 그리고 언론이 더 큰 폭력일 수 있다는 것을 보여 주는 소설이라고 할 수 있어요.

영화를 통해서도 볼 수 있는 '정체성의 폭력'

영화 〈리틀 빅 히어로〉를 보면 영웅이 등장해요. 그는 비행기 추락사고 현장 근처에 있었는데, 비행기 안에 들어가 사람을 구한 영웅으로 오해를 받으면서 단번에 국민적 영웅이 되지요. 그래서 텔레비전에 나와 달라, 광고의 주인공이 되어 달라는 등의 제안을 여러 곳에서 받습니다. 진짜 사람을 구했다고 할지라도, 갑자기 국민적 영웅이 되어 영웅의 이미지로 살아가야 한다면 힘이 들 텐데, 그는 우연히 사고 현장 근처에 있다가 영웅으로 오해를 받은 것이니 자신의 본모습과는 다른 '영웅 이미지'가 얼마나 부담스러웠을까요? 그래서 그는 온 국민의 눈과 귀가 자신에게 집중되는 순간 고층 빌딩 베란다에서 투신자살을 꿈꿉니다. 더 이상 '자신의 본모습'으로 살 수 없다는 것이 그만큼 견디기 힘들었다는 것이겠죠.

눈에 보이는 폭력과 눈에 보이지 않는 폭력

여러분이 〈리틀 빅 히어로〉의 주인공이거나 〈우상의 눈물〉의 기표였다면 어떤 선택을 했을지 상상해 보세요. 자신은 수줍고 차분한 사람으로 살고 싶은데, 누군가가 자신에게 과감하고 적극적인 사람으로 살아가라고 강요했다고 생각해 보세요. 자신의 뜻과 상관없이, 자신의 원래 모습과는 다른 존재로 살아가야 하는 일은 생각보다 힘든

일이고, 그래서 그렇게 살라고 '강요'하는 것은 '무서운 일'이에요. 이렇게 다른 사람을 자신의 입맛에 맞게 길들이고, 자신이 원하는 이미지를 덧씌워 그 이미지대로 살게 하는 것도 폭력이에요. '눈에 보이지 않는 폭력'인 셈이죠. 어려운 말로 '정체성의 폭력(자신에게 덧씌워진 이미지가 진짜 자신의 모습을 가리고 마는 것을 정체성의 폭력이라고 한다. 더 어려운 말로는 '시뮬라시옹의 폭력'이라고 하는데, 프랑스 사람 장 보드리야르가 '없는 데도 있는 것처럼 보이는 탈 만들기'를 '시뮬라시옹'이라고 이름 붙였다.)'이라고 해요.

기표가 휘두르는 '눈에 보이는 폭력'이 유대에게 담뱃불 자국과 같은 '눈에 보이는 상처'를 남기듯, 담임과 형우가 휘두르는 '눈에 보이지 않는 폭력'도 기표에게 '눈에 보이지 않는 상처'를 남기게 돼요. '눈에 보이는 상처'는 아물거나 치료할 수 있지만, '눈에 보이지 않는 상처'는 평생 정신적 상처로 남을 수도 있어요. 그런 의미에서 후자가 더 무서운 폭력이라고 하는 사람들도 있어요. 무엇보다 '눈에 보이는 폭력'은 누구나 쉽게 알아채고 막으려 하지만, '눈에 보이지 않는 폭력'은 쉽게 눈치채지도 쉽게 막을 수도 없기 때문에 더 무서울 수 있답니다. 이런 의미에서 '눈에 보이지 않는 폭력'이 무엇인지, 어떻게 우리 삶에 작용하는지를 아는 것은 '눈에 보이지 않는 폭력'으로부터 자유로울 수 있는 출발점이랍니다.

제목이 왜 '우상의 눈물' 일까요?

형우가 기표에게 당한 이후로 반 아이들에게 '우상'이 되었어요. 형우가 우상이 된 것은 이상한 일이 아니에요. 자신이 피해를 당하고도 그 상대를 입에 올리지 않은 행동은 반 아이들한테 높이 평가받을 만하기 때문입니다. 그러나 유대에게만은 형우가 우상이 되지 못했어요. 유대는 오히려 형우의 의도를 의심하고 반감을 갖게 되지요.

반면에 이상하게도 유대는 포악한 기표에게 '헤아릴 수 없는 힘'을 느끼며 그를 특별한 존재로 여깁니다. 린치를 가한 기표를 미워하지 않고 우상화한다는 것은 상식적으로 이해하기 어려운 일이지 않나요? 하지만 이런 유대의 생각을 의아해하면서 소설을 읽어 나가다 보면 그 속에 작가가 말하고자 하는 핵심이 있다는 것을 알 수 있을 것입니다.

이 소설은 유대의 시점에서 쓰였고, 그렇기 때문에 유대는 작가의 목소리를 대신 드러내는 역할을 한다고 볼 수 있어요. 그리고 제목은 그런 작가의 생각을 함축적으로 담은 표현이고요. 그렇다면 제목에서 언급한 '우상'은 '유대의 우상'일 것이고, 그것은 곧 '기표'를 뜻하는 것입니다.

그렇다면 유대는 왜 기표를 우상으로 여겼을까요?

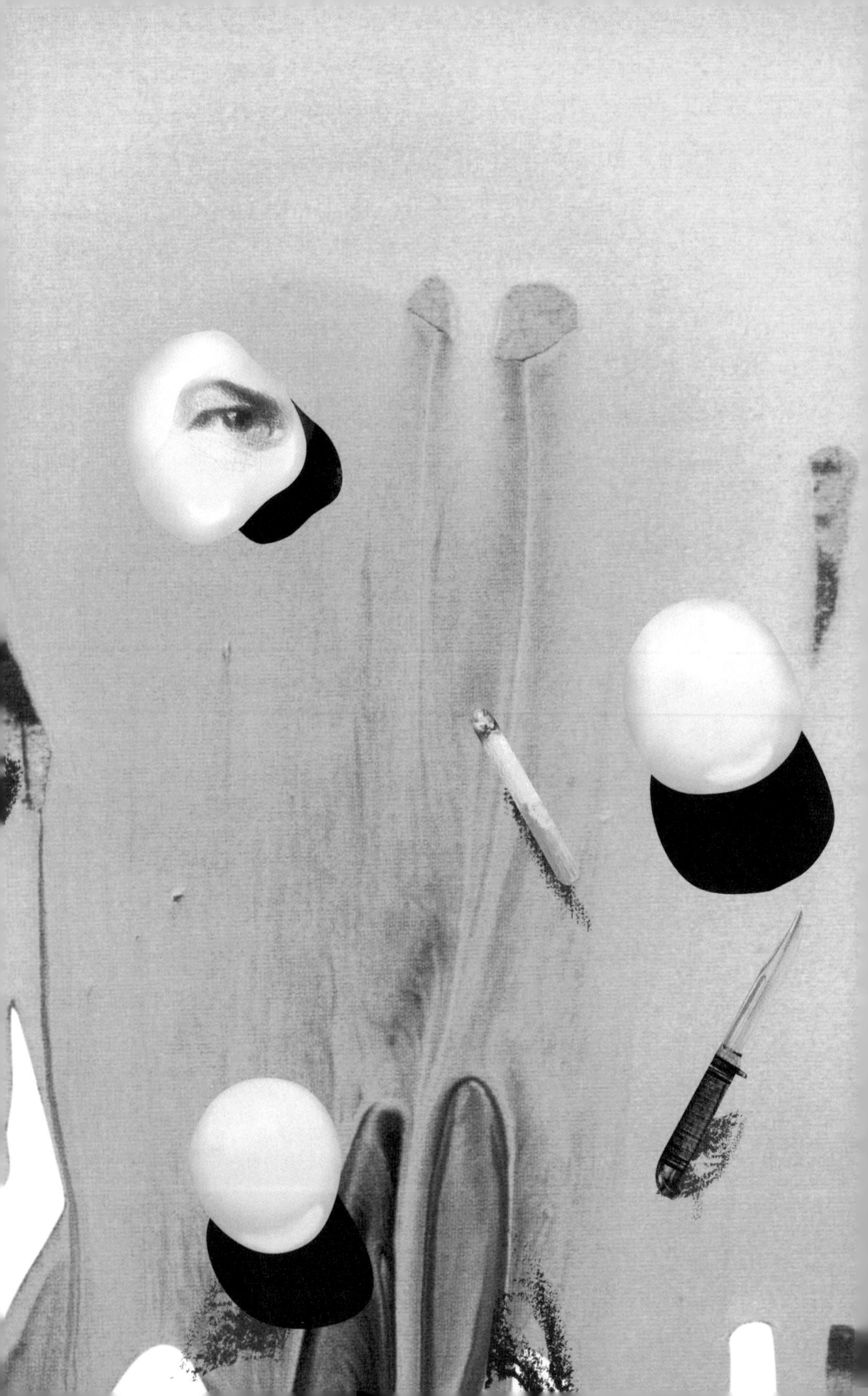

피겨의 여왕 김연아 선수는 어릴 적 우상이 미셸 콴 선수였다고 해요. 얼음 위에서 아름다운 연기를 펼치는 미셸 콴의 모습을 보고 반해서, 그때부터 그 경지에 오르기 위해 혹독한 훈련도 참고 이겨 낼 수 있었다고 하지요. 이처럼 '우상'은 무엇인가를 절실히 원할 때 갖게 되기도 합니다. 멋진 가수가 되고 싶은 가수 지망생에게 유명 가수가, 축구 선수를 꿈꾸는 학생에게 세계적인 축구 스타가 우상일 수 있는 것처럼 말이지요.

이 소설에서 유대도 무엇을 간절히 원했기 때문에 기표를 '우상'으로 여겼을 거예요. 그렇다면 유대는 무엇을 간절히 원했을까요? 그것을 알기 위해서는 우선 학교와 담임 선생에 대한 유대의 생각을 살펴봐야 할 것 같아요.

유대는 교사와 학교에 대해 불만과 불신, 저항감을 갖고 있었어요. 유대는 담임 선생이 겉으로 학생들에게 자율을 강조하면서 오히려 학생들을 강하게 통제하려는 위선적인 태도를 못마땅해 하지요. 또 유대는 기표가 학교에서 심각한 문제를 일으킴에도 불구하고 제적당하지 않는 이유는 교사들이 기표의 앙갚음을 두려워하기 때문이라고 생각해요. 그리고 학생들이 교사를 존경하지 않는 것처럼 교사도 학생들을 사랑으로 가르치지 않는다고 생각하죠. 더욱이 유대는 교사에 대해 불신을 갖게 된 경험도 있었어요.

그런데 유대는 그런 자신의 마음을 표출하는 성격이 아니었어요. 속마음은 학교와 교사에 대해 반항적이었지만, 겉보기에는 공부 잘하고 모범적인 학생처럼 보였을 거예요. 그런 유대에게 기표는 학교와 교사에 대한 저항감을 대리 만족시켜 주는 인물이 될 수 있었을 것입니다. 그래서 유대는 담임 선생이 기표를 부반장에 임명하려고 하는 생각에 반대를 하지요. 왜냐하면, 기표가 학교의 지시 사항을 전달하기 위해 교단 위에 서서 아이들한테 애원하는 광경은 생각만 해도 불쾌했기 때문이에요. 그러니까 기표는 학교의 편이 되어서는 안 된다고 생각했던 것이지요.

그러므로 유대가 절실히 원했던 것은 합법적으로 학생들을 통제하고 감시하는 학교 권력에 대해 저항하는 대상, 더 나아가서는 그런 '보이지 않는 폭력'을 무너뜨릴 수 있는 힘 있는 존재였을 겁니다. 실제로 그런 힘을 기표가 갖고 있지 않았지만, 유대의 눈에는 기표가 그렇게 보였던 것이지요. 유대가 다른 또래 아이들보다 어른스럽다는 것을 감안해 볼 때, 유대에게 그런 우상이 절실할 수 있다는 것을 추측해 볼 수 있겠지요.

하지만 유대의 우상은 왜 눈물을 흘리나요?

기표는 유대가 원하는 대로 되지 못했어요. 결국 기표는 형우와 담임의 뜻대로 '순한 양'이 되어 버리죠. 그 이후로 기표는 자신의 원래 모습을 잃어버린 채 다른 사람이 원하는 모습대로 살아가는 것에 숨이 막혀 버렸을지 모릅니다. 그래서 그런 현실로부터 도망치게 된 것이지요. 따라서 제목에서 말하는 '눈물'은 '형우'와 '담임 선생'이 휘두른 '보이지 않는 폭력'으로 기표가 받은 상처를 의미한다고 볼 수 있어요.

또한 '눈물'은 유대의 눈물이기도 해요. 자신의 우상이 무너지는 모습을 보면서 느꼈을 유대의 비극적인 마음을 표현한 것이라고도 볼 수 있지요. 어쩌면 기표보다 유대가 더 많이 울었을지 모르겠네요. 유대는 '눈에 보이지 않는 폭력'을 이미 알고 있는 어른스러운 인물이기에 그 잔인함을 더 크게 느꼈을 테니까요.

이 소설은 기표의 얘기가 아니라 유대가 생각하는 기표의 얘기입니다. 유대는 왜 하필이면 포악하기 이를 데 없는 기표를 우상으로 여겼고, 그 우상이 무너졌을 때 담임과 형우에 대해 어떤 생각을 했을지에 대해 생각해 보면, 이 작품의 주제를 잘 파악할 수 있을 것입니다. 여러분은 '포악한 사자'와 같은 순수한 악과 '양의 탈을 쓴 늑대'와 같은 위선 중에 어떤 것이 더 나쁘다고 생각하나요?

넓게 읽기

작품 밖 세상 들여다보기

시대

작가

작품

독자

작가 이야기

전상국의 생애와 작품 연보

시대 이야기

1970년대 후반

엮어 읽기

학교와 폭력, 굴복과 극복

다시 읽기

인성교육진흥법과 학교 폭력 문제

독자 이야기

반장으로 누가 가장 적합한가? – 원탁 토론

작가 이야기

전상국의 생애와 작품 연보

1940(3월 12일) 강원도 홍천 출생. 8세까지의 이름은 전일랑.

1950(11세) 소년 시절에 6·25 전쟁의 참상을 목격함.

1955(16세) 홍천중학교 입학. 톨스토이 소설과 루팡 시리즈 등에 심취함.

1957(18세) 춘천고교 입학. 시인이자 담임인 이희철 선생님의 영향 아래 시인인 이승훈과 함께 공부함.

1958(19세) 제6회 학원문학상과 강원일보 신춘문예에 각각 입선함.

1960(21세) 경희대학교 국어국문학과에 입학해 소설가 황순원에게 문학 수업을 받았고, 시인 이성부 등과 친구로 지냄.

1963(24세) 경희대학교 졸업.
대학 재학 시 '경희대 문화상'을 수상한 단편소설 〈동행〉을 개작한 작품이 조선일보 신춘문예에 당선되어 등단했다. 풀피리 부는 소리를 'ㅍㅍㅍ', 뻐꾸기 울음소리를 '워꾹 워 워꾹'으로 쓰는 등 당시로는 파격적인 표현을 사용해 눈길을 끌었다. 작품 속에서 숱한 의성어들을 변주하고 창조했던 그는 후에 "어휘력이 부족해 그걸 감추려고 하다 보니까 괜찮은 낱말들, 새로운 낱말들을 자꾸 찾아 쓰게 됐다." 라고 술회했다.

1964(25세) 〈광망(光芒)〉을 《현대문학》 2월호에 발표하고 나서 글 쓰는 일에 회의를 느껴 귀향함.
원주의 학교와 춘천고에서 국어 교사로 재직하면서 10년 동안 소설가로서는 공백기를 가짐.

1972(33세) 은사였던 조병화 선생의 부름으로 상경하여 1985년까지 경희고등학교 국어 교사로 재직함.
여전히 서울 생활에 적응을 하지 못하고 방황하다가 작가 조선작과의 인연으로 문학에 다시 마음을 두게 되었다.

1974(35세) 《창작과비평》에 〈전야〉를 발표하면서 본격적인 작품 활동을 시작함.
전상국 작가는 언론 인터뷰에서 "교사 생활이 적성에 맞았지만 하루하루가 즐거운 가운데에서도 어딘가 허전함을 지울 수 없었다."라고 당시를 떠올린 적이 있다. 또한 "그것이 등 뒤에 버려둔 문학 때문임을 알면서도 모르는 체했다."라며 "문학이 외면한다고 외면되는 것이 아님을 그때는 알지 못했다."라고 말했다.

1975(36세) 단편 〈할아버지 묻힌 날〉, 〈돼지 새끼들의 울음〉 등을 발표함.

1976(37세) 단편 〈악동 시절〉, 〈껍데기 벗기〉, 〈사형(私刑)〉 등을 발표함.

1877(38세) 단편 〈바람난 마을〉, 〈바다 재우기〉 등을 발표하고, 첫 소설집 《바람난 마을》을 출간함.
〈사형〉으로 22회 현대문학상을 수상함.

1979(40세) 단편 〈아베의 가족〉, 〈우리들의 날개〉, 〈외등〉 등을 발표하고, 작품집 《하늘 아래 그 자리》를 출간함.

1980(41세) 〈우상의 눈물〉, 〈여름의 껍질〉, 〈늪에서 바람이〉 등을 발표하고, 작품집 《우상의 눈물》, 《아베의 가족》, 《외등》을 출간함.
전상국은 〈우상의 눈물〉을 쓰게 된 동기를 이렇게 말했다.
"위선과 교활한 지혜는 더욱 질 나쁜 폭력이다. 권위주의 또한 내가 싫어하는 폭력이다. 그것은 은폐되는 진실에 대한 분노라고 할 수 있다. 〈돼지 새끼들의 울음〉과 〈우상의 눈물〉은 교활한 지혜에 대한 내 나름의 분노를 형상화한 것들이다. 특히 일사불란한 힘과 '우리'를 위한 '나'의 희생을 강요하는 악랄한 선과 권위에 대한 내 생각은 주로 교단을 배경으로 전개된다."

1985(46세) 1985년까지 국어 교사로 재직하면서 경희대학교 대학원에 입학해 현대문학 석사 학위를 취득함.
강원대학교 국어국문학과 조교수로 임명됨.

1986(47세) 〈음지의 눈〉, 〈먹이그물〉 등을 발표하고, 작품집 《늪에서는 바람이》를 출간함.

1987(48세) 〈형벌의 집〉, 〈썩지 아니할 씨〉, 〈지빠귀 둥지 속의 뻐꾸기〉 등을 발표하고, 작품집 《형벌의 집》을 출간함.

1988(49세) 〈투석〉으로 '윤동주 문학상'을 수상함.

1990(51세) 〈사이코 시대〉로 '김유정 문학상'을 수상함.

1993(54세) 장편 〈유정의 사랑〉을 발표하고, 작품집 《외딴길》을 출간함.

1994(55세) 꽁트집 《우리 시대의 온달》을 출간함.

1996(57세) 작품집 《애비》, 《사이코》, 《참 예쁘다》를 출간함.
〈아베의 가족〉으로 '한국문학상'을 수상함.

2000(61세) 회갑 기념 문집과 수필집 《우리가 보는 마지막 풍경》을 출간함.

2001(62세) 강원대학교 국어국문학과 교수(2001~2005)를 지냄.

2002(63세) '김유정 문학촌' 촌장 직을 맡음.

2005(66세) 9년간의 침묵을 깨고 소설집 《온 생애의 한순간》을 출간함.
8월에 강원대학교에서 정년퇴임을 하고, 개인 문학 연구실 '아베의 가족'을 춘천에 마련함.
오는 8월 말로 정년퇴임하는 전상국 교수가 지난 8일 마지막 수업을 했다. 강원대 인문대학 세미나실에서 열린 전 교수의 마지막 수업은 전 교수의 데뷔작 〈동행〉 로드 다큐멘터리와 소설 〈플라나리아〉 원작 드라마 시청이었다. 영상 시청이 끝나고 전 교수는 작가의 소회를 10여 분 정도 이야기하는 것으로 강의를 마쳤다. 그런데 학생들은 마치 감전된 듯 움직이지 않았고 여기저기서 흐느끼는 소리만이 정적 사이로 유영했다.

지난 1985년 강원대 교수(국어국문학과)로 부임했던 전 교수는 "중·고교 포함 40년 교단 생활에 하도 말을 많이 해 되도록 말을 안 하는 수업으로 마지막 강의를 하고자 했다."라고 말했다.

_강원일보(2005년 6월 13일)에서

2014(75세) 소설집 《남이섬》으로 제27회 '경희문학상'을 수상함.

2015(76세) 《문예중앙》 여름호에 〈집을 떠나 집에 가다〉를 발표함.
이 작품은 기존 작품들과는 결이 다른 소설로 자살과 죽음을 다룬 실종 스토리이다.

2016(77세) 《대산문화》 봄호에 김유정 〈봄·봄〉의 후일담인 〈봄·봄하다〉를 발표함.

1970년대 후반

폭력 난무, 공포의 교실

서울 중부경찰서는 학교에서 마구 폭력을 휘두르다 퇴학당한 N공전 야간부 3학년 최 모, 김 모, 2학년 손 모, 김 모 군 등 4명을 '폭력행위등처벌에관한법률' 위반 혐의로 구속하고 역시 퇴학당한 3학년 태 모 군을 수배했다. 경찰에 따르면 최 군 등은 학교에서 폭력 서클인 '삿갓파'를 조직, 등산용 도끼 등 흉기를 갖고 다니면서 동료 학생들에게 버스표, 빵값, 담뱃값 등을 상습적으로 요구, 응하지 않으면 집단 구타를 일삼았으며, 남산 산책로의 행인들로부터도 금품을 강탈해 왔다는 것이다.

이들은 3학년 김 모 군을 '돈을 안 준다'는 이유로 각목 등으로 집단 구타하여 전치 2주의 상처를 입혔고, 2학년 송 모 군에게 삿갓파 가입에 불응한다고 집단 구타를 하기도 했다. 또 주간부 학생들과 세력 다툼을 벌여 지난 달 10일 저녁 8시 경에는 수업 중인 교실 안에서 난동을 부려 각목과 벽돌 등으로 교실 창문 94장을 부쉈으며, 이를 말리고 타이르던 교사들에게까지 폭행과 폭언을 했다는 것이다. 학교 측은 이들의 행패가 날로 흉악해지자 지난 23일 5명을 퇴학 처분하고 "이들의 행패가 포악해져 눈물을 머금고 선도를 포기할 수밖에 없었다."면서 경찰에 탈선 사실을 진정했었다. (1976)

초등학교 성적, 중간층이 없다

초등학교 교과서가 지난 74년 어렵게 개편된 데 이어 어린이들의 성적 평가를 점수에 따라 매기는 절대평가제로 바꾸면서부터 초등생들의 성적표에는 우수생과 열등생만 많고 중간층이 적은 이상 현상을 빚고 있다. 문교부는 종래 초등생들의 성적을 과목별로 전체 학급에서 10% 이내에 들어갈 경우에는 '수', 그다음 20%는 '우', 중간층 40%는 '미', 다음 20%는 '양', 제일 떨어지는 10%는 '가'로 매기는 상대평가제로 해 오다 75년부터는 비교육적이라는 이유로 석차에 관계없이 과목별로 '수(90점 이상), 우(80~90점), 미(70~80점), 양(60~70점), 가(60점 이하)'로 성적을 내는 절대평가제로 바꾸도록 했다. 교사들에 의하면, 이 제도 채택 이후 대부분의 학교에서 '수'와 '가'가 절

반씩이나 차지하는 대신 가장 많아야 할 중간인 '미'는 크게 줄어들었다는 것이다.
이같이 초등학교 어린이들의 성적이 큰 격차를 나타내며 중간층이 줄어든 데 대해 초등학교 교사들은 교과서가 어려워져 수업 시간에 이해를 하는 어린이는 계속 높은 점수를 따는 데 반해 이해를 못 하는 어린이는 계속 따라오지 못해 학습 지진아가 누적되고, 중학교 무시험 입학 이후 초등학교 어린이들에 대한 학습에 관심을 계속 기울이는 학부모도 많은 반면 전혀 관심을 쏟지 않는 학부모도 많기 때문이라고 지적했다. 또 교사 한 사람이 70~80명의 어린이를 맡아야 하는 과밀 현상과 잡무 등으로 학습 지진아에 대한 개별 지도를 제대로 못하고 성적이 좋은 어린이 위주로 수업을 진행시켜 나가는 것도 한 원인이라고 교사들은 말하고 있다. (1977)

가정 방문 다시 허용

문교부는 지난 75년부터 중단됐던 각급 학교 교사들의 가정 방문을 허용키로 했다. 그러나 교사들이 가정 방문 때 학부형으로부터 향연이나 봉투를 받는 등 지나친 대접을 받는 일이 없도록 교장 책임 아래 초중고 교별로 가정 방문을 재개하라고 지시했다. 문교부 장관은 "최근 잇달아 발생하는 학생 폭력 등 탈선행위를 학교의 생활 지도에 전적으로 맡겨서 방지하기보다는 가정과 사회, 학교 등이 공동으로 해결해야 한다고 생각하기 때문에 효과적인 학생 생활 지도를 위해 교사들의 가정 방문을 허용한다."라고 밝혔다.
교사들의 가정 방문은 서정쇄신과 관련 부조리가 많다는 이유로 3년 전부터 중단돼 왔었는데, 그동안 교육계에서 가정 방문 재개의 필요성을 여러 차례 문교부에 건의하기도 했다. 이번 재개 조치와 함께 부조리에 대한 사전 대책이 병행되지 않는 한 종전과 같은 부조리와 잡음은 불가피할 것이라는 우려는 여전히 남아 있다. (1978)

다시 혼식 실시, 내달부터 단속

정부는 쌀 낭비 풍조를 막기 위해 지난 연말 이래 사실상 폐지 상태에 있던 요식업소에 대한 혼식 실시를 재개하기로 하고 오는 4월부터 전국적인 단속을 펴기로 했다. 23일 농수산부 당국자는 지금까지 묵인돼 왔던 혼식 단속을 펴기 위해 전국 요식업소에 대한 지도 계몽을 강화토록 각 시도에 지시했다고 밝히고, 4월부터는 단속을 실시하겠다고 말했다. 농수산부의 이 같은 조치는 양곡 낭비 풍조를 고치고 풍작이 예상되는 보리 소비를 촉진하기 위한 것이다. 농수산부 식량차관보는 "현재도 혼식 실시는 계속되고 있기 때문에 이번 조치는 단속보다 혼식을 장려하기 위한 지도 계몽에 중점을 두고 있다."라고 말했다. 그는 또 학생 도시락의 혼식 문제는 자율 계도를 하도록 문교부에 위임했다고 덧붙였다. (1978)

남북 대화 무기한 단절

3월 20일 오전 판문점에서 개최키로 예정됐던 제26차 남북 적십자 실무회의가 북한 적십자회 측이 최근에 실시된 한미 연합 작전 훈련인 '팀스피리트 78' 작전을 구실로 이를 일방적으로 무기한 연기, 남북 간의 유일한 대화 창구가 막히게 됐다. 북측은 회의 개최를 하루 앞둔 19일 오후 7시 평양 방송을 통해 통지문을 한국 적십자 측에 보내 최근에 실시된 '팀스피리트 78'이 "인위적인 난관을 조성, 남북 관계를 극도로 첨예화시키는 행동"이라고 비난하고 "이런 형편에서의 회담 개최는 적십자정신에 어긋난다"고 생떼, 이 회담의 무기 연기를 일방적으로 통고했다.

북한 측은 '팀스피리트 78' 훈련을 회의 연기의 구실로 삼고 있으나, 북한 또한 소련이나 중국과의 군사동맹조약에 의거하여 외부에 노출되지 않은 채 많은 군사상의 제휴를 강화해 오고 있을 뿐 아니라 군사상의 문제와 인도주의 사업인 남북 적십자 회담과는 별개의 차원에서 봐야 된다는 점을 감안한다면 북한 측의 이 같은 구실은 부당한 것으로 지적되고 있다. (1978)

공무원 시험 대졸 응시 크게 줄어

공무원의 이직 현상이 날로 늘어나는 가운데 신규 공무원 채용 시험이 점차 인기를 잃어 응시자들의 학력이 저하되고 있다. 대학 출신자들이 공무원 채용 시험을 기피하고 있는 이유는 정부의 강력한 서정쇄신 시책에 따라 공무원들이 자신의 직접적인 잘못 이외에도 상사 또는 부하 직원의 부정 사건이 일어날 때마다 그 직위가 박탈되는 등 과거보다 훨씬 그 지위가 허약해진 데다 보수는 적고, 최근 기술직 공무원의 경우 대우가 훨씬 좋은 일반 건설회사 등으로 전직하는 현상마저 일고 있기 때문으로 분석되고 있다. 수년 전까지도 대

학 출신자들이 공무원 시험 응시자의 대부분을 차지하던 현상과는 대조적이다. (1979)

박정희 대통령 서거

박정희 대통령은 10월 26일 저녁 7시 50분 서울 궁정동 중앙정보부 식당에서 김재규 중앙정보부장이 발사한 총탄으로 서거했다. 따라서 대통령 권한 대행엔 최규하 국무총리가 취임했으며, 27일 오전 4시를 기해 전국에 비상계엄이 선포됐다. 정부 대변인 김성진 문공부 장관은 27일 오전 7시 25분 중앙청 기자실에 나와 박 대통령의 서거를 발표했다. 발표 전문은 다음과 같다.

"박정희 대통령께서는 26일 저녁 6시경 시내 궁정동 소재 중앙정보부 식당에서 김재규 중앙정보부장이 마련한 만찬에 참석하시어 김계원 비서실장, 차지철 경호실장, 김재규 중앙정보부장과 만찬을 드시는 도중에 김 정보부장과 차 경호실장 간에 우발적인 충돌 사태가 야기되어 김 중앙정보부장이 발사한 총탄으로 26일 저녁 7시 50분 서거하셨습니다. 박 대통령께서는 총탄을 맞으신 직후 김 비서실장에 의해 급거 군(軍) 서울병원에 이송되었으나 병원에 도착하기 직전에 운명하신 것으로 원장의 진단이 내려졌습니다. 차 경호실장을 포함한 5명이 사망했으며, 김 정보부장은 계엄군에 의해 구속되어 조사받고 있습니다. 정부는 박 대통령 각하의 서거를 애도하는 온 국민의 뜻을 받들어 국장을 지내기로 결정했습니다. 국장에 관한 구체적 사항은 추후 발표될 예정이며, 국민 모두는 국장 기간 중 조기를 달고 다 같이 경건하게 애도의 뜻을 표하십시다." (1979)

박정희 대통령 서거 소식을 전하는 신문 호외를 받아 쥔 출근길 시민들

엮어 읽기

학교와 폭력, 굴복과 극복

우리는 학교에서 규칙과 질서를 익히고 올바른 것이 무엇인지를 배웁니다. 그런데 과연 학교에서 이런 바람직한 것들만 배울까요? 어쩌면 친구들의 따돌림을 당하지 않기 위해 다른 친구를 먼저 따돌리는 법, 힘이 센 친구 앞에서 맞서기보다는 먼저 꼬리 내리는 법, 때로는 회장이나 반장이 되고 싶어 친구들에게 친절한 척하고 맛있는 것을 사 주는 법도 학교에서 배웠을 거예요. 누가 가르친 적은 없지만 학교라는 사회에서 생활하면서 이렇게 바람직하지 않은 것들도 은연중에 보고 듣고 익히게 됩니다.

그렇지만 좀 더 크면서 혹은 어떤 사건을 겪게 되면서 무심하게 지나쳤던 바람직하지 않는 일들에 '불편함'을 느끼게 되고 '해결 방법'을 고민하게 돼요. 〈우상의 눈물〉의 유대는 선생님에게 친구들의 잘못을 일일이 고하는 일이 정의를 실현하는 것이 아님을 차츰 깨닫게 되었고, 그것과 맞물려 기표를 제 입맛에 맞게 바꾸려는 담임과 형우의 속셈을 눈치채게 되었어요. 그렇다고 적극적으로 나서서 담임과 형우의 의도를 폭로하지는 못하지만, 담임과 형우의 부당함에 기표가 맞서 주지 않을까 기대하기도 합니다. 비록 기표가 그렇게 하지는 못했지만, 일련의 사건을 겪으면서 유대는 세상을 좀 더 깊이 이해하게 됐을 것이고 어쩌면 앞으로는 스스로가 정의롭지 못한 힘에 맞서 보려고 노력할지도 모릅니다.

고등학교 1학년인 유대가 보이지 않는 힘의 폭력을 경험했다면, 초등학교 고학년인 〈우리들의 일그러진 영웅〉의 병태와 〈아우를 위하여〉의 수남이는 보이는 힘의 폭력을 경험합니다. 〈우리들의 일그러진 영웅〉과 〈아우를 위하여〉의 무능하고 무기력한 담임은 힘이 세고 통솔력 있어 보이는 엄석대와 영래에게 자신의 담임 권한을 위임해 버립니다. 엄석대와 영래는 무책임한 담임 대신 자신들이 선생님처럼 행동하지요. 같은 반 친구들에게 벌을 주기도 하고, 동의도 구하지 않고 학급비를 걷어 마음대로 쓰기도 해요. 그렇지만 엄석대와 영래에게 대응하는 병태와 수남이의 방식은 서로 다르며, 두 이야기의 결말도 좀 다르게 그려집니다.

1. 이문열의 〈우리들의 일그러진 영웅〉(1987)

그가 베푸는 구원이나 해결도 언제나 고마움으로 나를 감격시키기보다는 야릇한 치욕감으로 떨게 했다. 그때마다 내 마음속에서는 한층 더 치열하게 적의가 타올랐으며, 그리하여 그것은 그 뒤의 길고 힘든 싸움을 내가 견뎌 낼 수 있게 해 준 힘이 되었다.

너무도 허망하게 끝난 싸움이고 또한 그만큼 어이없이 시작된 굴종이었지만, 그 굴종의 열매는 달았다.

석대의 강압에 못 이겨 시험지를 바꿔 준 것 자체는 용서할 수 있었다. 그러나 그동안 너희들의 느낌이 어떠했는지를 듣게 되자 그냥 참을 수가 없었다. 너희들은 당연한 너희들의 몫을 빼앗기고도 분한 줄 몰랐고, 불의한 힘 앞에 굴복하고도 부끄러운 줄 몰랐다.

〈우리들의 일그러진 영웅〉의 병태는 유대와 좀 비슷해요. 그러나 새 담임 선생님을 통해 '엄석대'는 무너지고, 엄석대에게 굴복하거나 기생했던 급우들이 좌충우돌 민주주의를 배우면서 새로운 질서를 만들어 나가지요. 어른이 된 병태는 사회에서 우여곡절을 겪으며 어딘가에 존재하고 있을 석대가 보장해 줬던 달콤한 권력을 가끔은 그리워합니다.

2. 황석영의 〈아우를 위하여〉(1972)

혼자서만 좋은 사람이 될 수는 없다고 생각합니다. 또 한 사람이 잘못 생각하고 있었다면 여럿이서 고쳐 줘야 해요. 그냥 모른 체하면 모두 다 함께 나쁜 사람입니다. 더구나 공부를 잘한다거나 집안 형편이 좋은 학생은 그렇지 못한 다른 친구들에게 부끄러워할 줄 알아야 합니다.

여럿이 윤리적인 무관심으로 해서 정의가 밟히는 일이 있어서는 안 될 거야. 걸인 한 사람이 이 겨울에 얼어 죽어도 그것은 우리의 탓이어야 한다.

〈아우를 위하여〉의 수남은 유대보다는 적극적으로 정의를 수호하는 어른으로 자라날 것 같습니다. 왜냐하면, 병아리 교생 선생님을 만나 부끄러움을 느낀 수남은 폭력에 직접적으로 맞서 싸웠기 때문이지요. 수남은 적극적으로 영래 무리에게 사과를 요구하고, 문제의식을 갖고 있었던 학급의 다른 아이들이 힘을 합쳐 이들의 잘못을 지적하고 사과를 받아 내게 만들어요. 이 사건을 통해 수남은 '겁쟁이가 되어서는 무서움에서 놓여날 수 없다'는 깨달음을 얻었고, '윤리적인 무관심으로 정의가 밟히는 일이 있어서는 안 된다'는 말을 아우에게 해 줄 수 있는 형이 되었어요. 물론 그에게는 "애써 보지도 않고 덮어놓고 무서워만 하면 비굴한 사람이 됩니다. 그래서 겁쟁이가 되어 끝내 무서움에서 놓여날 수가 없는 거예요."라고 깨달음을 준 병아리 교생 선생님이 있었고, 수남이가 그런 병아리 선생님을 좋아하고 존경했기에 성장이 가능했겠지요. 수남이는 병아리 선생님을 통해 '진보의 의미'와 '사랑의 가치'를 배웠고, 그것을 아는 사람으로서 그것을 아우에게 전해 정의를 수호하고자 합니다.

그런데 〈우상의 눈물〉, 〈우리들의 일그러진 영웅〉, 〈아우를 위하여〉의 작가들은 학교 내의 폭력 문제를 보여 주기 위해 이 소설을 썼을까요? 물론 그런 면도 있겠지만, 그보다는 어른들 사회에서 나타나는 폭력의 유형, 폭력에 대처하는 사람들의 유형을 학교에 빗대어 보여 주려고 했을 거예요. 학교는 사회의 축소판이라고들 하죠. 그래서 사회를 학교에 빗대어 말하기 좋은 거예요.

이런 소설들은 군인들이 쿠데타로 정권을 잡고 합법적인 힘을 휘두르던 시절이나 갑작스럽게 민주주의 질서를 만들어 가야 했던 무질서한 시절에 대한 비판이기도 하고, 올바르지 못한 힘에 쉽게 굴복하거나 기생하는 대다수 사람에 대한 비판이기도 해요. 또 올바르지 못한 힘을 알아채고도 한 발 물러서 있는 사람들에 대한 비판이기도 하고요.

다시 읽기

인성교육진흥법과 학교 폭력 문제

인성교육진흥법이 통과되어 사방에서 인성 교육을 강화해야 한다는 목소리가 높습니다. 1980년에 발표된 〈우상의 눈물〉은 '법제화된 인성 교육이 바람직한가?'에 대한 문제 제기를 던지는 소설로 읽을 수도 있습니다.

인성이 좋지 않은 학생이 많이 있지만, '학생들의 인성을 강제로 혹은 법을 동원해 교육하는 것이 바람직한가?'에 대해 한번 생각해 봐야 해요. 〈우상의 눈물〉에서 담임과 형우는 기표의 잘못된 행동을 고치기 위해서 법을 동원하지는 않았지만 법보다 더 무서운 여론과 이미지를 동원했다고 볼 수도 있습니다. 어찌 보면 더 교묘하고 무서운 방법이지요. 사람의 성격, 기질, 감정은 자연스러운 것이고, 또 문화적인 성장 과정 속에서 성숙해 가는 것인데, 외부나 타인의 규제에 의해서 강제로 또는 의도적으로 만들어진다면 바람직하다고 볼 수 없다는 주장도 설득력이 있습니다.

스탠리 큐브릭 감독의 영화 〈시계태엽 장치 오렌지〉에는 기표 못지않은 망나니 청년인 알렉스가 나옵니다. 패거리를 이루어 살인, 강간, 약탈, 폭행을 일삼던 알렉스는 친구들의 배신으로 잡혀가 감옥에서 교화를 받아요. 강제로 인성을 교정받는 것이지요. 당시 영국 정부 당국이 선택한 교화 프로그램은 선정적이거나 폭력적인 장면을 강제로 보게 하는 것이었어요. 눈을 감지 못하도록 장치(이게 시계 장치, 즉 미셸 푸코가 말하는 '감시와 처벌'의 규율입니다.)를 하고 말이에요. 무서움을 모르던 반사회적인 사이코패스였던 알렉스는 선정과 폭력 앞에서 비굴하게 구토하는 겁쟁이가 됩니다. 기표가 무서워서 도망치듯 알렉스도 그런 상황을 견디지 못하는 나약한 인간으로 전락하지요. 자기 스스로 선택하는 자유인이 아니라 남들의 시선과 명령에 주눅이 드는 바보가 되는 겁니다.

인성교육진흥법이 이런 바보를 만드는 취지가 아닌 줄은 알지만, 강제성을 띠는 법과 이성의 논리가 과연 제대로 된 인성을 찾아 줄지는 한번 생각해 볼 문제입니다.

세계 최초의 인성교육진흥법 …… 실효성? 글쎄요

인성교육진흥법이 학교 현장 도입을 앞두고 있지만 이를 실천해야 할 선생님들의 반응은 회의적이다. 학교 폭력이 도를 넘고 최근 도덕과 양심의 부재와 함께 벌어지는 일련의 사회 문제가 대두되면서 만장일치로 국회에서 인성교육진흥법이 통과됐다. 이 법은 인성 교육을 의무로 명시한 세계 최초의 법으로 국민의 기대와 관심도 크다. 그러나 경쟁적 입시 체제가 바뀌지 않는 현실에서 이 법의 실효성에 대한 의문과 인성 교육을 법으로 제도화하는 것이 적절한지에 대한 우려의 목소리가 흘러나오고 있다.

32년간 교직에 몸담아 온 한 중학교 교사 A(56) 씨는 "인성교육진흥법이 전혀 교육적 관점을 담고 있지 않다"며 "인성을 어떻게 가르칠 것인지에 대한 교육적 고민이나 접근이 합의되지 않았다"고 비판했다. A 교사는 "친구들을 때리는 등 왜곡된 행동을 하는 아이들과 대화를 나눠 보면 상처 없는 아이들이 없다. 이 아이들을 대상으로 한다면 실효성은 거의 없을 것"이라며 "법제화를 통해 인성 교육을 강제한다고 아이들의 인성이 좋아지는 것은 아니다. 도리어 반발심만 더 커질 수 있다"고 설명했다.

교사 B(45) 씨는 "인성교육진흥법에서 내세운 예절, 효도, 정직, 책임, 존중, 배려, 소통, 협동 등 8가지 주제는 도덕 교과서에서 배우고, 다른 교과서에서도 융합해 가르치고 있다"며 "사회적 이슈가 터질 때마다 안전 교육, 인터넷 중독 예방 교육, 성교육 등 의무 교육이 급조된다. 학교 교육 체제에 더 이상 들어갈 틈이 없는데 교육만 늘리니 교사 입장에서는 답답하다"고 토로했다. 이어 "내년부터 인성 교육이 시작된다고 하는 데 아직 그에 대한 어떠한 지침도 받은 게 없다. 이대로라면 인성 교육도 서류만 남는 형식적 교육에 그칠 가능성이 크다"며 "충분한 시간을 두고 학교 교과 관계자들과의 소통을 통해 교육과정 안에 인성 교육에 대한 내용이 녹아 들어갈 수 있도록 하는 게 바람직할 것"이라고 조언했다.

- 천지일보(2015년 12월 28일)

독자 이야기

반장으로 누가 가장 적합한가? _원탁 토론

	적합한 인물	발언 내용
1차 발언	형우	• 반장으로서의 면모는 겉모습과 첫 만남이 중요하다. • 형우가 담임 선생님과 가장 잘 맞기 때문에 적합하다. • 형우가 가장 적극적으로 나서서 기표의 만행을 제압할 수 있다.
	기표	• 기표는 가난한 환경에서 자랐으므로, 가난한 친구들을 배려해 줄 수 있다. 반장의 조건으로는 카리스마와 책임감이 필요한데, 그 역할에 기표가 가장 적합하다.
	유대	• 유대는 담임 선생님이 제안한 스파이 일을 거절한 것으로 보아 정직한 성품으로 보이므로 반장으로 가장 적합하다.
2차 발언	형우	• 형우는 비록 틀에 박힌 인간형이지만, 어떤 집단 특히 학교에선 그런 사람이 임원으로 더욱 적합할 것이다 . 그리고 아이들을 잘 통제하고 결합시키는 리더십이 강하고 행실이 바른 학생이라 누구에게나 신임을 얻고 있다. 또한 형우는 자기주장이 뚜렷하므로 반장으로 적합하다.
	기표	• 형우는 자신의 주관이 뚜렷하나 아이들을 이용하여 자신의 목적을 달성하려는 모습이 반장으로서 적합하지 않다. 유대는 중립적이고 우유부단한 성격으로 자기주장이 약하므로 반장으로서 적합하지 않다.
	유대	• 형우는 적극적이고 자기주장은 강하지만 친구들을 이용하는 모습은 올바르지 못하다. 자신의 이익을 위해 친구들을 이용하는 것은 옳지 않다. 기표는 자신의 주장과 개성이 너무 강해 반장으로 적합하지 않다. • 유대는 우유부단한 성격이지만 객관적이고 중립적으로 볼 수 있어서 반장으로 적합하다.

	적합한 인물	발언 내용
3차 발언	형우	• 형우는 가식적이고 영웅이 되길 원하나, 학급을 잘 이끌어 갈 조건을 갖추고 있다. 기표는 카리스마는 있지만, 그것이 책임감과는 무관하다. 유대가 우유부단해서 오히려 반장 역할에 적합하다고 한 것은 이해하기 힘들다.
	기표	• 형우는 자신의 목적을 위해 급우들을 이용하는 모습이 너무 영악해 보인다. 유대는 결단력이 부족해 반장으로서 적합하지 않다. 그리고 담임이 제안한 스파이 일을 거절한 것은 한편으로는 담임과 반의 상태를 알고 함께 상의해야 하는 반장의 임무에 어긋나므로 반장으로 적합하지 않다.
	유대	• 유대는 담임 선생님이 스파이 일을 권유한 것을 거절한 것으로 보아 정직한 성품을 지녔으므로 반장으로서 적합하다.
정리 발언	형우	• 형우는 적극적으로 임해서 누구에게나 신임을 얻고 있고, 모두를 통솔할 만한 리더십을 갖추었기 때문에 반장으로 가장 적합하다. 자기주장도 뚜렷하고, 담임 선생님과 뜻이 잘 맞아 학급을 이끌어 가기에 가장 적합하다.
	기표	• 기표는 자신의 이익을 위해 꼼수를 부리지도 않고, 남에게 잘 휘둘리지도 않는다. 또한 강한 카리스마와 통솔력이 있기에 반장으로 가장 적합하다.
	유대	• 유대는 우유부단해서 결정을 잘 내리지 못한다. 하지만 편견이나 자신의 목적보다는 중립의 입장에서 더 올바르고 정확한 결정을 할 수 있다. 따라서 반장으로 적합하다.

참고 문헌

도서

고은우 외, 《이 선생의 학교 폭력 평정기》, 양철북, 2009.

김영미·이왕주, 《소설 속의 철학》, 문학과지성사, 1997.

이문열, 《우리들의 일그러진 영웅》, 민음사, 2005.

전상국, 《물은 스스로 길을 낸다》, 이룸, 2005.

톰 슐만(김라경 역), 《죽은 시인의 사회》, 시간과공간사, 2003.

연구 논문

김현석, 〈전상국 소설에 나타난 학교와 그 의미〉, 강원대, 2008.

박선양, 〈성장소설로 본 〈우상의 눈물〉의 함의〉, 《국어문학》, 2013.

박수현, 〈1970년대 전상국 소설에 나타난 집단주의〉, 《국제어문》, 2014.

이미화, 〈알레고리 소설에 나타난 권력의 작동 방식 연구〉, 세명대, 2013.

조혜숙, 〈문학 교육과 '선악'의 문제에 관한 연구〉, 고려대, 2013.

황명훈, 〈교실 내 권력의 문제를 다룬 소설 비교 연구: 〈아우를 위하여〉, 〈우상의 눈물〉, 〈우리들의 일그러진 영웅〉을 비교 연구함〉, 신라대, 2002.

황수정, 〈전상국 소설의 공간성 연구〉, 경희대, 2011.

선생님과 함께 읽는 우상의 눈물

1판 1쇄 발행일 2016년 3월 21일
1판 6쇄 발행일 2024년 4월 1일

지은이 전국국어교사모임

발행인 김학원
발행처 (주)휴머니스트출판그룹
출판등록 제313-2007-000007호(2007년 1월 5일)
주소 (03991) 서울시 마포구 동교로23길 76(연남동)
전화 02-335-4422 **팩스** 02-334-3427
저자 · 독자 서비스 humanist@humanistbooks.com
홈페이지 www.humanistbooks.com
유튜브 youtube.com/user/humanistma **포스트** post.naver.com/hmcv
페이스북 facebook.com/hmcv2001 **인스타그램** @humanist_insta

편집책임 문성환 **편집** 윤무재 **디자인** 박인규 반짝반짝 **일러스트** 허정은
용지 화인페이퍼 **인쇄** 청아디앤피 **제본** 민성사

ISBN 978-89-5862-321-2 44810